1LDK 一房兩廳三人行 2JK

~夏季到來。兩人一定會稍微長大~

陽葵
因為某些原因，和
奏音一起住進駒村
家。夢想成為插畫
家，然而——

本作主角26歲上班族
駒村的表妹。因為母
親不知去向，便寄住
在駒村家。
倉知奏音
打掃後吃冰淇淋，
然後睡午覺和閒聊——
雖然是這樣單純的一天，
這種假日也不錯啊。

「陽葵，我可以跟妳一起撐傘嗎？」
「咦？不過這樣不會淋濕嗎？」
「那個，我之前也說過……
我很重視陽葵妳喔。」
「小奏……
我也很重視小奏啊。」
將為兩位女高中生的生活
帶來劇變的重逢即將到來——

一房兩廳三人行

1LDK 2JK

～夏季到來。兩人一定會稍微長大～

3

福山陽士

插畫／シソ

Kadokawa Fantastic Novels

彩頁、內文插畫／シソ

目錄

第1話　返家與女高中生

夏天的傍晚，天色還很明亮。

我和陽葵沒有打開電燈，坐在飯廳的椅子上。

陽葵把雙手夾在大腿之間，瑟縮著身子，俯著臉。

我則是雙手抱胸，仰望著再熟悉不過的天花板。

到家之後，我和陽葵自然而然地坐下，但我們依舊一句話也說不出口。

飯廳內像是積了雪，凝重又冰冷的氣氛充斥其中。

我仰頭望著天花板，回憶起陽葵到家之後說的話。

『我家……我家從祖父那一代起就在經營劍術道場……門下出了不少打進全國大賽的人，在業界算是滿有名氣的……』

陽葵家似乎在經營劍術道場。

我記得她以前的確說過「國小時練過劍道」，但我實在想不到她老家居然是傳授劍道的那一方。

毫不理會房內的氣氛，鴿子悠然的叫聲傳來。看來似乎有鴿子駐足於陽台。

「咕嚕咕咕～～」接連不斷響起的鴿鳴讓我覺得心情輕鬆了一些。

這個嘛……

我就這樣一直沉默下去也不是辦法。

「陽葵。」

「啊，是！」

陽葵的聲音變調了。

因為我也會跟著緊張起來，拜託別那麼驚訝。

「剛才看到的那位女性，和妳很熟嗎？」

「是的……」

「所以說，她知道妳的興趣才會跑到那邊找妳。」

「我想是這樣沒錯……」

「既然如此，日後不要靠近那一帶比較好吧。」

「我會的……對不起，駒村先生，要不是我說順便去書店一趟，也不會變成這樣……」

「話雖如此，還沒被她發現吧？妳打工的地方距離那邊還有兩站嘛。」

只要那個人鎖定那個地方持續尋找，找到陽葵打工場所的可能性應該很低。

……但願真是如此。

「離打工地點是還有一段距離……」

「還是趁這機會回家？」

「——————！」

陽葵原本垂著的臉頓時抬起。

儘管沒有說出口，那張哭喪的臉龐已經清楚代表了她的心情。

我輕聲嘆息。

「既然妳的想法沒變，也只能比過去更小心生活。我想到頭來還是只有這個答案吧？」

「說的……也是……」

陽葵再度低下頭。我也拿不出比這更好的答案。

現在說「回家去吧」是很簡單，但是都讓她住到今天了，事到如今才這麼說，就成年人來說未免不負責任，這樣的想法同樣存在。

如果我打從一開始就能更冷酷——

就算奏音替她求情，我還是堅持拒絕的話。

如果我當初立刻把陽葵帶到警察局。

如果我在車廂中沒有向她搭話，視而不見——

當我想著這些無從改變的過去時，玄關大門發出喀嚓聲響開啟。

是奏音回來了。

「喔，妳回來啦。」

「小奏，歡迎回來。」

「我回來了……」

奏音一面脫鞋一面用無精打采的聲音回答，視線也沒有轉向我們。

「沒什麼精神耶，園遊會真的很累嗎？」

「嗯……有一點……」

奏音依舊沒有看向我。

我對她的態度感到不太對勁。

就單純的疲憊而言，似乎有哪裡不太尋常——

該不會她還在介意我午休時說的話？

「不好意思，今天晚餐做點簡單的可以嗎？」

「不用，小奏今天請好好休息。今天晚餐就由我和駒村先生來做！」

「咦！」

「咦——！」

聽了陽葵的提議，不只是奏音，連我也嚇了一跳。

等等，妳沒跟我商量過耶。

陽葵雙手緊緊握拳，撇著嘴，鼻子猛然噴氣，對我投出的眼神綻放燦爛光芒。

我感受到一股無言的壓力：「駒村先生，我們加油吧。」

哎，至少該讓奏音好好休息一天。我的確也有這樣的想法。

今天就稍微努力一下吧，況且應該也能轉換心情。

「真的沒問題……？」

奏音神色不安地看向我。

她的表情或多或少刺激了我的自尊心。

「沒問題。妳住在這裡之前，我可是一個人獨自生活喔。」

「但是幾乎沒有自己下廚吧？」

「是沒錯——不過也不是毫無經驗。」

然而不知奏音有何不滿，只見她露骨地皺起眉頭。

這時多信任我一點也無妨吧？我有點難過耶……

但是仔細回想起來，自從兩人住進家裡，我確實不曾為兩人好好做過一頓晚餐。早餐也只是烤吐司而已……

這麼一想，我更是有幹勁了。

「就這樣，奏音先去洗澡。」

「嗯……………我知道了。」

不容反駁的命令口吻一出，奏音也認命了吧。她從客廳拿了換穿衣物，走向盥洗室。

「小奏好像真的很累耶……」

奏音關上盥洗室的門之後，陽葵輕聲呢喃道。

我無以回應。

如果她那副沒精神的模樣原因真的出在我身上——

自胸口湧現的罪惡感透過血管傳遍全身。

在奏音洗澡的時候，我就按照剛才的宣言，和陽葵一同努力做晚餐。

一開始是陽葵提議的，但負責指揮的是我。

起初陽葵想切洋蔥，但她手握菜刀的動作看起來實在太危險，我硬是搶過來自己切。

我覺得光是在一旁看都會折壽。

拿出幹勁是很好，要是因此受傷可不是鬧著玩的……

至於我自己切洋蔥的技巧，就經驗不足的人來說還算可以吧。儘管如此，和奏音相比還是生澀許多。

當我這麼想著時，眼淚不由自主從眼眶掉出。

我突然想問：人類為什麼會選擇這種會對眼睛造成強烈刺激的植物作為餐桌上常見的食材……

疑問就先擺一旁，我一面流淚一面切完洋蔥，然後扔進平底鍋。

這時陽葵說「請用」，對我遞出了面紙。

「謝了。」

我摘下眼鏡，立刻用面紙拭去淚水。

我的眼角餘光看見輪廓模糊的陽葵一直注視著我。

「不要一直看啦……」

雖然是不由自主流出的淚水，被人盯著看還是會不好意思。

「呵呵呵，只是覺得拿掉眼鏡的駒村先生很可愛。」

「啥——！」

可愛？

有生以來從沒有人這麼說過，讓我不由得嚇一大跳。

而且還是被比我年輕許多的女生這樣講，讓我感覺非常害臊。

「不要捉弄大人啦。」

「我沒有捉弄啊。眼睛比想像中大耶。雖然拿掉眼鏡後會變美型是漫畫的常見橋段，我感覺明白了理由。鏡片會讓眼睛看起來比原本的小啊，原來如此……」

從陽葵隨口說出的「可愛」二字當中感覺不到特別的用意。

甚至讓我覺得自己這麼驚慌實在是浪費精神。

「話說回來，光是拿來切就能讓人流淚加上顯露戴眼鏡角色的真正長相，洋蔥真是方便的道具呢。」

看待事物的角度果然還是繪師啊。

「方便」的定義和我的常識有點不同……

「不要講什麼角色，況且我又不是漫畫人物。」

我再度戴上眼鏡，接下來開始切青椒和豬五花。

不只是「可愛」，「美型」這個字眼同樣讓我莫名介意，有種渾身不對勁的感覺。我輕輕甩頭，想立刻忘掉這種感覺。

「好。這樣就可以了吧？」

我以調理筷夾起用平底鍋炒好的蔬菜和肉，直接用手指捏起，送進口中。

「嗯，烤肉醬果然方便好用。」

廚藝不算好的我也不會失敗的調味法，烤肉用醬料。

蔬菜和肉的調味都相當適中，我個人很滿意。

順帶一提，我比較喜歡辣味烤肉醬，不過奏音和陽葵似乎都不太喜歡吃辣，因此放在冰箱裡的醬料都是甜味的。

哎，甜味也有甜味的美味之處就是了。

「原來是這樣，很值得參考呢……這道菜我應該也能做好。」

在一旁看的陽葵露出認真的眼神，呢喃說道。

雖然是單身男性的簡易料理，陽葵學起來應該也有益無害。

畢竟沒必要每一餐都吃得那麼講究。

「不過在這之前，妳得先矯正菜刀的用法才行。」

「嗚……我會加油。」

回想起來，上次她做肉醬義大利麵的時候好像沒用到菜刀。

哎，這種事也是熟能生巧啦。我自己用菜刀的技巧也沒好到能對別人說教。

「啊，駒村先生，鍋子裡的水好像滾了喔。」

我看向在旁邊的瓦斯爐上煮的水，確實正咕嚕咕嚕地冒泡，開始沸騰了。

這是要用來做味噌湯的開水。

「好，先關火，加入高湯粉，再把味噌溶進去。之後放進豆腐和油炸豆皮就好了。」

「好的。」

回想起來，在老家喝到的味噌湯每次料都不一樣。也許是因為這樣，我對味噌湯的料並沒有特別的堅持。

哎，之前獨自生活時喝即食味噌湯也沒什麼不滿。

不過麻煩奏音做飯才讓我真正體認到即食的味道果然差很多。

啊，我這時才想到加點洋蔥也許不錯，不過太遲了。

「這包炸豆皮已經切好了耶。」

陽葵從附有夾鏈的袋子中取出幾片油炸豆皮，放進鍋中。

「是啊，方便總是好。」

若非看到奏音買回家，我大概永遠不會知道有這種能節省功夫的食材。

奏音過去買回家的備用食材，我也大略看過，坦白說對我很有參考價值。

以後回到獨自生活，購物的選擇也會和過去大不相同吧。

不過像這樣兩人合作做晚餐，感覺就好像夫妻——我又在想什麼啊！

自己的思考讓我急遽感到尷尬。

恰巧就在這時，奏音走出盥洗室。因為剛才我胡思亂想那種事，一瞬間不由得心驚。

奏音把毛巾披在頭上，一面搓揉濡濕的頭髮一面走向客廳。

「晚餐已經做好了喔。」

「嗯。頭髮吹乾就馬上吃。」

確定奏音立刻就把吹風機的電源線插進插座，我再度轉身面對瓦斯爐。

這時陽葵正驚慌失措地盯著白色塊狀物四散而變髒的瓦斯爐。

怎麼突然間變成這樣…………

「對、對不起，駒村先生。有一些豆腐掉出來了……」

「……我之前就覺得，陽葵妳還真是笨拙耶。」

「嗚嗚。對不起～～……」

畫圖技術應該相當靈巧，但是和下廚似乎沒有任何關聯。

我面露苦笑，取出抹布。

「我吃飽了。」

奏音雙手合十如此說道。陽葵和我晚了一些也跟上。

吃完自己做的飯之後這麼說，有種稍微特別的感覺。和平常對奏音表示感謝的心情又不太一樣。

順帶一提，奏音對我做的蔬菜炒肉的感想是：「烤肉醬真的超好用吧？」

嗯，果然烤肉用的醬料在減少勞力方面最方便啊。和奏音意見相同讓我有點開心。

也許是因為奏音講了和我同樣的話，陽葵在聽見的瞬間不由得噗哧一笑。

「對了，奏音，我拍了很多今天園遊會的照片，妳要嗎？」

「啊，嗯……之後再傳到我的手機。」

「駒村先生，等會請讓我看一下。我還想再看一次小奏角色扮演的模樣，而且要看到烙印在眼底。」

「啥——！很難為情啦，不要這樣！」

「呵呵呵，我偏要看。」

「討厭啦，陽葵～～！」

兩人用不帶力道的拳頭互打，嬉鬧起來。

沒有攻擊力的拳擊最後演變成互相搔癢。

「啊哈哈哈！等等！小奏，那邊不可以——！啊哈哈哈哈！」

「呵呵，陽葵還不是一樣，呵呵，那樣犯規啦——！」

兩人純真的笑聲此起彼落。

回到家之後，這時才終於看到奏音的笑容，我不禁放下心，跟著揚起嘴角。

奏音吃飽後早早就刷牙，鑽進客廳的被窩中。

雖然她說「電視和電燈都不用關」，我還是感到介意，就關掉了電視。

奏音似乎就這麼在被窩中睡著了，不久便聽見她規律的呼吸聲。

「駒村先生，我今天也要早點睡喔。」

陽葵在奏音身旁鋪好棉被，對我小聲說道。

我也決定今晚不喝酒，早點上床睡覺。

在平常肯定還沒就寢的時間關掉房內的燈，有種奇妙的感受。

躺在床上，首先浮現腦海的是奏音無精打采的身影。

到頭來，奏音還是沒有針對原因多說什麼，也可能只是單純很累吧。

大概是今天發生了太多事，我沒有多想，很快就進入夢鄉。

※　※　※

奏音用棉被蓋住頭。

明明說了不用關電視，和輝好像還是關了電視。

房間內一片寂靜。

聽見的只有陽葵準備就寢的聲響，以及自己的呼吸聲。

胸口無從排解的陰霾，在閉上眼睛之後感覺更加鮮明。

原因有兩點，其中之一是沒辦法把母親回覆的訊息拿給和輝看，另一點則是午休時和輝說的話。

雖然想仔細思考，濁流般的情感卻支配了理智和心靈，到頭來腦海沒有浮現任何字句。

此外，強烈的睡意更是妨礙奏音的思考。

（今天真的累了……明天再說……）

奏音閉上眼睛，沒多久意識就被塗成一片漆黑。

※　※　※

第2話 心願與女高中生

好熱。

走出玄關的瞬間，悶熱的熱氣便環繞全身。只是稍微走幾步，就感覺到汗珠開始自皮膚滲出。

搭上沒有冷氣的電梯後，來到公寓外頭。和我一樣正在通勤路上的人們接二連三快步走過。

走向車站的人們視線幾乎都朝著下方，宛如成群的喪屍。

月曆已經翻到七月。

話雖如此，梅雨季還沒過，空氣非常潮濕。

今天的天空同樣是隨時可能下雨的陰天。

自從園遊會那天之後，奏音和陽葵的情緒都有些低落。

雖然日常生活中的笑容不減，卻沒了無憂無慮般的開朗。

陽葵去打工時總是擔心不知何時會被那位女性發現，而奏音的臉也不時蒙上陰影。

話雖如此，當下我想不到能為兩人做些什麼，令我深刻感受到自己的無能為力。

來到車站前的便利商店時，昨天還沒聽見的清脆聲響突然穿進耳中，讓我不禁抬起臉。

便利商店隔壁的雜貨店還沒開門，但風鈴掛在屋簷下。

每當不怎麼強的風吹過，便會讓風鈴發出高亢的清涼聲響。

聽著那聲音走在路上，突然有股衝動想吃些讓心情爽快的東西。

說到心情爽快……果然還是啤酒吧？不過那又不是吃的。

乾脆吃些辣的，體驗吃出一身汗的爽快感——

不，她們兩個好像都不喜歡吃辣，這不是好點子。

我一面這麼想一面走著，不知不覺就抵達車站了。

唉……今天也努力工作吧。獎金應該很快就會發下來了。

我為自己提振精神，擠進乘車率高到極限的車廂。

傍晚的超市擠滿了帶著幼稚園兒童的母親、我這種剛下班的中年大叔和ＯＬ。

大概是因為從上午就一直下雨，店裡的地板有點髒。

話雖如此，我已經很久沒在這時段來到超市了。

畢竟平常購物都是奏音替我們解決，我自己來到超市的頻率大幅降低。

對店內的情景感到幾分懷念的同時，我前往目標擺放的區域。

和兩人開始一起生活前，我總是會直奔現成小菜區，光是走過陌生的路徑都有種不可思議的感覺。

「今天購物交給我」——我午休時已經這樣聯絡過奏音了。

她理所當然般驚訝地問：『突然是怎麼了！』我回答：「今天下雨會很累人吧？」她回了一個可愛的兔子貼圖，上頭寫著「謝謝」。

因為今天我自己想買東西——這才是真正的理由就是了，不過雨天購物真的很麻煩而且累人。

把目標物放進購物籃中，順便買了發泡酒。

流暢地結完帳，將東西裝袋的時候，我注意到特價區的一角。

那是…………

我擠過人群取得了「那個」，塞進公事包深處避免被雨淋濕。

「我回來了。」

到家的時候，發現奏音和陽葵都坐在飯廳的餐桌旁。

兩個人都看著我，不停動著嘴巴。

桌上擺著看似炸薯條的零食。

那個我也吃過，酥脆的口感會讓人不禁一口接一口的美味零食。去便利商店的時候，偶爾會和晚餐一起買回家。

不過妳們別在這時候吃啊，現在可是晚餐前。

我看八成是奏音肚子餓了，忍不到晚餐時間吧。

不曉得她們是否聽見我在心中的嘮叨，兩人連忙咀嚼塞在口中的零食。

「駒村先生，歡迎回來。」

「你回來啦～～和哥。謝謝你今天去買東西，你買了什麼？」

在奏音的催促下，我從超市的袋子取出今天的主餐。

「這是——麵線嗎？」

「哦？不錯耶～～很有夏天的感覺。」

「是啊。天氣也越來越熱，偶爾想吃點清爽的。」

「做起來也很輕鬆嘛～～那我馬上來煮水。」

奏音馬上拿出鍋子。為防萬一，我先檢查冷凍庫。

嗯，還有冰塊能用。

再來就是把剛買回來的酒也放進冰箱——

…………

看著發泡酒的罐子就有點想喝。

「駒村先生現在就想喝酒嗎？但是請先洗過澡喔。」

受到陽葵語氣委婉地勸阻，我便快步走向盥洗室。

因為今天輪到我先洗澡啊……

畢竟還是在冰箱冰過之後比較好喝，稍微忍耐一下吧。

我走出浴室後，從收納櫃拿出浴巾。

這條還很新的藍色浴巾是之前友梨送的。

原本還沒放進這個收納櫃，從那天之後就放進去了。

沒錯，就是友梨向我告白的那一天——

自然而然想起當時的情景，心跳隨之加快。

不行，這狀態不就是巴甫洛夫的狗嗎？

用觸感柔和的浴巾擦拭全身的過程中，當時的情景在腦海裡不停閃爍重現。

……冷靜點，我要保持鎮定啊。

同樣的事已經重複好幾次了，還是遲遲無法習慣。

雖然我自認只是過著一如往常的生活——

看得出友梨那件事對我的衝擊力相當強。唯獨這件事我還能冷靜分析。

麵線已經準備好，放在餐桌上了。當然沾麵醬也已經準備萬全。

我從客廳搬來電風扇，擺在飯廳。

剛才泡澡時雖然只用溫水，但這時期剛出浴還是不免覺得熱。

裝麵線的袋子仍然擺在桌上，在電風扇的吹動下飛向半空。

陽葵敏捷地在半空中奪下塑膠袋，挑起嘴角說「抓到了」，一臉得意地笑了笑，把袋子塞進垃圾桶裡。

反射神經出乎意料地好耶。因為曾經練過劍道嗎？

「蔥和生薑之類的佐料就放在這裡，自己適量取用喔。」

奏音把鍋子擺在流理台，如此說道。

我看向廚房的作業台，其他還有紫蘇和芝麻、天婦羅花等還裝在袋中，擺放於該處。

「冰箱裡還有秋葵喔。有人想吃我再切，想吃就說。個人覺得罐頭鮪魚也很搭，推薦這樣吃。」

我以前吃麵線總是只沾醬汁，對我來說，奏音這番話算得上是文化衝擊。

確實吃到後半會漸漸覺得膩啊……

過去我總是用「就算這樣也要硬是吃完」這種強硬手段來支撐到底，原來只要加佐料就可以了，真是上了一課……

因為覺得要準備吃的實在很麻煩，就連這麼簡單的方法都想不到，自己的惰性讓我不由得深切反省。

也許我這個人比自己想像中更沒生活能力啊……和我同年代又獨自生活的男性是不是都過得更像樣一點？

「那就開動吧。」

雖然差點情緒消沉，現在還是專注在吃上頭吧。

「開動～～」

我們一起朝著裝麵線的大碗伸出筷子。

仔細一想，奏音把整袋麵線都煮了。

感覺分量有點——不，是相當多……哎，有奏音在應該沒關係吧？反正奏音應該能全部吃完。

我將沾上醬汁的麵線吸入口中，這瞬間，今天早上在車站前看到的風鈴在腦海中發出涼爽的輕響聲。

嗯，日本的夏天就是這種感覺啊。

雖然梅雨季還沒過去。

我們品嘗麵線直到裝滿胃袋後，好一段時間坐在原位閒聊。

「呼～～吃得好飽。」

「肚子好撐喔～～」

見到兩人心滿意足地背靠著椅背，我有點放心了。

這樣毫無緊張感的平穩表情，在園遊會之後還是第一次看到。

這時我回想起某件事。

「對了，我帶了這個回來。」

我從公事包裡取出後，只見奏音和陽葵都睜大了眼睛。

「這是短籤？七夕也快到了嘛。」

「我在超市看到的。他們好像會擺出竹子一直到七日。」

「哦～～不過為什麼會拿回來？我一直覺得和哥的個性絕對不會做這種事耶。」

聽奏音這麼問，我一時無法回答。

的確如此。為什麼拿回來了？

我自己也搞不太懂理由。

「沒什麼理由……反正有個機會，想說體驗看看這種活動。」

我說到這裡，明白了自己的用意。

我想留下和兩人之間的回憶。

因為看似平凡無奇的這段日常時光已經被設下期限——

不知道她們是否聽見了我的心聲，兩人短短一瞬間露出憂愁的表情，拿起了短籤。

「那我明天去買東西的時候，掛到竹條上吧。話說要寫心願喔～～」

「要寫什麼才好……」

「我嘛……就寫『給我五兆圓』吧。」

「那個絕對不會實現嘛！」

「我少一點也沒關係，想要來個三億圓……」

「這樣算少嗎！」

「不過陽葵啊，突然拿到那麼大一筆錢，用途大概會讓人很傷腦筋喔。」

「不對不對，會比較傷腦筋的還是駒村先生吧！」

兩人也配合我說笑，讓我不由得笑了起來。

話說一聽到「心願」，首先想到的竟然是錢啊。

小時候應該會「這個也想要、那個也想要」，接二連三舉出電玩遊戲或玩具的名字吧。

長大真是件悲傷的事啊……

奏音進浴室洗澡，陽葵則在客廳看電視當飯後休息。

我漫不經心地看著擺在飯廳餐桌上的兩張短籤。

『想吃很多好吃的零食』。

『想成為插畫家』。

兩人各自親筆寫下的短籤旁邊還有一張尚未寫字的短籤。

我還沒寫下自己的心願。

不，其實我也有心願。

只是那個心願不管要用文字或者言語，都絕對不能對外吐露。

——希望這樣的生活一直持續下去。

我也知道這種事絕對不該寫，甚至絕對不可以去想。

可是——

「…………」

煩惱到最後，我提起筆。

『健康平安』。

最後我寫在短籤上的是藏起真心話後平凡無奇的心願。

第3話　約會與女高中生

星期天早晨，才剛起床不久——

我擺在枕邊的智慧型手機發出了傻氣的音效。

那是鮮少響起的社群軟體的通知聲。

是誰傳給我？

我現在用這社群軟體交流的對象幾乎只有奏音。

絕大多數都是「今天零食有特價，可以買嗎？」之類在超市購物時的訊息。

奏音在家的時候會直接交談，而我也沒有其他會互相聯絡的朋友……

懷著有點悲傷的心情，我拿起智慧型手機，上面顯示了晄輝的名字和頭像。

「晄輝那傢伙，一大早找我要幹嘛？」

該不會又要跑來這裡吧？

上次晄輝來家裡之後，我再三叮嚀他：「來之前要先聯絡。」我回想起這件事的同時閱讀訊息——

然後我愣了好一段時間。

「就這樣啦，請慢走！」

上午十點剛過——

我和陽葵一起在玄關被滿臉燦爛笑容的晄輝送出家門。在晄輝背後，奏音有點不安地對我們揮了揮手。

關上玄關大門後，我好一段時間凝視著冰冷的灰色牆面。

「為什麼會變成這樣……」

「駒村先生，有點不好意思……」

「不會，不是陽葵妳的錯。話說這狀況也不是因為誰的錯……」

所以才更是棘手吧。

晄輝傳給我的訊息是——

『從老哥的個性來想，肯定沒有和陽葵去約會吧？我今天一整天都有空，奏音就交給我顧著，你們兩個出去玩吧！』

——內容如上。

當然我原本就打算說「你用不著操這個心」，藉此拒絕。

但是晄輝回了一句：『我已經搭上電車趕往你那邊了！』讓我無法再多說什麼。

我弟弟的行動力真令人吃驚。

而且就如同訊息，晄輝一大早就來到我家。

上次晄輝來的時候，他誤會我和陽葵正在交往，沒想到會演變成這種事態……

正因為我明白晄輝的行為純粹出自好意，就更是難受。

話雖如此，事到如今也無法對他坦承陽葵住在我家的真正理由。

所以我和陽葵為了避免晄輝起疑心，只好真的出門一趟。

「一面走一面決定目的地吧。」

「我明白了。那我先走樓梯下樓喔。」

目送陽葵的背影消失後，我走向電梯。

走出公寓後，我和陽葵暫且先並肩走向車站。

不過突然被要求「出去玩」，還真讓人傷腦筋。

只有我一個人的話就能隨便找地方打發時間，但是和女高中生一起，立刻就不知道該去哪裡才好。

話說，哪裡才是女高中生去了也會開心的場所？果然還是卡拉ＯＫ之類？

不過陽葵感覺和卡拉ＯＫ沒什麼牽扯。況且我也不太喜歡卡拉ＯＫ，待在裡頭就難受。

「所以我們要去哪裡呢？」

「這個嘛……反正都出來了，選妳想去的地方吧。」

最好不要是卡拉ＯＫ。我在心中補上這句話。

「我想去的地方嗎——」

「是啊，遠一點也沒問題。反正看剛才那氣氛，不吃過午餐也沒辦法回去。」

晄輝送我們出門時還說：「不用擔心我們的午餐！我到晚上都有空，你們慢慢逛！」

既然他都這麼說了，我們也不能太早回去吧。

陽葵的視線往下挪，沉思了一段時間，不久後仰頭看向我。

「那個……我想去上次去的那間購物中心。」

「之前買齊生活用品那邊？」

「是的。現在雖然沒什麼想買的，但想四處看看。」

陽葵微微一笑，點頭說道。

因為她說過必要的東西會用存下來的打工錢買嘛。

「那個地方的話，的確到處逛逛就能打發時間了。」

畢竟那天之後就沒去過了。哎，單純只是沒必要去就是了。

我對陽葵的提議沒有什麼異議，便決定一同前往購物中心。

睽違兩個月的購物中心依然充滿了人。

和上次來的時候不同的是這股環繞全身的熱氣。四周人一多起來，感覺氣溫也跟著變高了。

奏音和陽葵來到我家的隔天，我們到過這裡啊……回想起來，當時我和兩人還很陌生。

這麼一想，我覺得時間的流逝真的只在轉瞬之間。特別是過了25歲之後，時間的加速度異常驚人。

以前我住在老家時聽母親說：「一年只要一瞬間就過去了。」當時總覺得難以置信，但現在我很能明白她的意思。

國小時的一個星期感覺就很漫長啊……看到走過身旁的國小男生，我不由得沉浸於感慨中。

「然後呢？接下來要去哪裡？」

我在通道旁停下腳步，環顧周遭。

這附近一字排開的都是服飾店，不過這次我們不是為此而來。不，日後我同樣絕對不會造訪吧。

「這個嘛……雖然有點早，要不要先吃飯？」

聽陽葵這麼說，我看向手錶。現在時間剛過十一點。

「說的也是，今天是假日，一到中午時段用餐的人應該會很多。上次人也很多，就先吃飯吧。妳有特別想吃什麼嗎？」

「我沒有……選駒村先生想吃的就可以了。」

「妳講這種話，我真的會按照我的喜好選喔。」

「好的。那也讓我很期待。」

陽葵笑盈盈，愉快地回答。選擇權完全交到我手上了。

「是喔……妳真的不要抱怨喔。」

姑且如此聲明後，我們開始移動。

「豬排蓋飯啊。」

貼在店內牆上的橫布條上有著偌大的豬排蓋飯照片。陽葵看到照片，呢喃說道。

這次我決定不在美食街，而是一樓的餐廳區用餐。

和風、西式、中華，形形色色的餐廳並排在此處，我停下腳步的就是陽葵呢喃說著的豬排蓋飯餐廳。

一言以蔽之就是樸素實在，和周遭許多以白牆裝潢的餐廳相比，就受女生喜愛的漂亮度而言，實在無法相提並論。

這種餐廳肯定和陽葵期望的「好像約會」的氣氛天差地別吧——這個選擇毫無疑問暗藏我這樣的用意。

晄輝口中「約會」這個字眼還是讓我耿耿於懷。

如果、萬一今天出遊，讓我和陽葵之間萌生了某種「不錯的氣氛」——

這種畏懼一直停駐於我的內心角落。

但同時我的思考也感到矛盾。

對方只是女高中生，還是小孩子。

只要一切保持平常心，應該就沒有任何問題。我到底在害怕什麼？

無意間與陽葵四目相對。

她仰頭望向我，臉龐的角度正好與「那一天」的陽葵重合——

『我對駒村先生——』

——！

「討厭這種地方嗎？」

為了抹去腦海中的幻影，我連忙開口問道。

「不會，其實我喜歡吃豬排蓋飯。」

陽葵當然不會知道我腦海中的狀況，態度平常地回答。

「仔細想想，小奏還沒做過豬排蓋飯呢。」

「一定是因為很貴吧。」

不只是食材費用，還有製作上需耗費的功夫。

油炸類的菜色包含善後收拾等等都很麻煩，我已經透過奏音明白這一點。

「總之先進店裡吧。」

幸好店內還有不少空位。我們鑽過深藍色的短簾下方。

※　※　※

和輝與陽葵出門之後，奏音站在廚房煮水。

「真的用不著費心招待我喔。」

晄輝坐在椅子上，有些歉疚地這麼說。

「況且我之前就住在這裡……」

「泡個紅茶罷了，小事。晄哥習慣加糖之類的？」

奏音不把他的話放在心上，繼續準備泡紅茶。晄輝微微苦笑。因為就這個家的居民來說，奏音已經比他更像前輩。

「我習慣只加糖。啊，不過有牛奶能加的話也不錯～」

「ＯＫＯＫ，我也喜歡加糖和奶精的甜味紅茶，但是每次都被和哥笑，說我『糖放太多了』。」

「喔喔，老哥好像紅茶不喜歡喝甜的，可是他明明就喜歡吃甜點。」

「就是說啊，和哥其實很喜歡吃甜點呢。」

「明明就喜歡，可是好像又有點介意～這個時代男人說自己喜歡吃甜點也沒什麼好奇怪的啊。」

「啊哈哈。不愧是兄弟，晄哥很了解和哥呢。」

奏音將冒著蒸氣的杯子放到晄輝面前。晄輝將紅茶茶包上下拉動幾次後，從杯中取出。

「來，牛奶。」

隨後奏音從冰箱拿出牛奶擺在桌上。晄輝簡短道謝後，將少許牛奶注入杯中。

奏音也拿起自己的杯子，隔著桌子坐到晄輝對面。

（我以前住的時候沒有這個杯子啊。）

晄輝發現這是自己離開之後才增加的餐具，理解到這代表自己對這個家來說已經成為

「客人」，一股寂寥頓時掠過心頭。

「話說，晄哥想要幾顆方糖？」

「一顆就好了。」

奏音從裝方糖的容器中取出一顆，放進晄輝的茶杯。

隨後她接連投了四顆方糖到自己要喝的紅茶裡。

「等等，奏音！方糖未免放太多了吧？」

「…………咦？」

奏音遭到她以為是「甜味紅茶同伴」的晄輝吐槽，不由得睜圓雙眼。

「太多了……？」

「嗯，太多了。」

「…………原來……真的很多……」

這反應與間隔似乎讓晄輝覺得好笑，他大聲笑了起來。

奏音發出「唔～～」的低吟聲，鼓起臉頰。

「抱歉抱歉。話說接下來這段時間，妳有什麼想去的地方嗎？」

晄輝把杯子端到嘴邊，如此一問，奏音鼓起的臉頰立刻就變扁。

「想去的地方喔……好像也沒有。」

「那有什麼想吃的嗎？」

「呃～～……好吃的東西……」

「範圍很大耶！」

「因為我沒特別想吃什麼啊。」

「既然這樣，就帶妳去我上次工作時採訪的店吧，也很好吃。」

「嗯。那就請你帶我去那邊吧。」

「不用這麼拘謹啦。話說，是我推薦妳去的，妳大可放心期待喔～～」

晄輝交談時會不時交雜手勢，讓奏音覺得很滑稽，噗哧笑了出來。

「晄哥個性真的與和哥完全不一樣呢。」

兩人沒見面的時間明明與和輝差不多，與晄輝卻轉瞬間就聊開了。

「是沒錯啦～～……話說這是稱讚？還是批評？」

「嗯～～……都算吧。」

「感覺有點過分，也有點開心……因為老哥的個性有些認真過頭嘛。奏音會不會覺得累？還好嗎？」

晄輝如此問道，從他的眼神可以知道他是發自內心擔憂。

所以奏音立刻就明白了。

晄輝以為和輝跟陽葵在交往。近距離看那兩人的日常生活真的沒問題嗎——晄輝真正想問的是這個意思。

話雖如此，她也無法老實回答那是晄輝的誤會。

「嗯，我沒問題喔。謝謝你，晄哥。」

「真的？沒有在勉強自己？」

「嗯……而且其實每天都很開心。」

因為奏音輕盈的笑容有如花朵柔和，讓晄輝不由得睜圓了雙眼。

※　※　※

「呼～～吃得好飽。」

「很好吃啊。」

心靈和肚子都滿足之後，我們走出店門。這時店內的座位已經滿了。

看來提早來吃午餐是正確選擇。當店裡擠滿了人，就沒辦法悠悠哉哉地用餐。

豬排蓋飯的價格也不高，黏稠的半熟蛋和厚實的豬排吃起來相當有飽足感。

下次還有機會來的話，再光顧這家店吧。當然到時候也要帶奏音一起。

「吃午餐的目標已經達成，不過時間還沒到正午啊——話說，妳之前說想四處逛逛，打算去哪裡？」

我們移動到有著購物中心地圖的牆壁前方。因為是第二次來了，知道的場所馬上就浮現腦海，不過牆上的地圖依舊廣闊。

「那個……我可以去一下電影院嗎？」

「電影？可以是可以，妳有想看的電影嗎？」

「沒有，我沒有特別想看什麼。其實我從來沒去過電影院……我想去看看，光是能知道氣氛就夠了。」

「咦……妳沒去過喔……？」

陽葵這句話讓我不禁有點吃驚。

雖然我一年也頂多只去一兩次，但那是我長大成人之後的事。

當我國小時，爸媽有好幾次帶我去看春假和暑假上映的動畫電影。

陽葵沒有這樣的經驗嗎？也有可能在陽葵的故鄉沒有電影院就是了。

是地區的問題還是陽葵家的問題？

我不知道真相為何，也不打算追問到底。

但是，難得有這個機會，我想讓她體驗看看——這樣的想法自然浮現心頭。

「那就往電影院移動吧。呃～～在三樓的邊緣吧。」

「真的可以嗎？」

「難道有什麼問題嗎？」

「不……真的很謝謝你。」

陽葵笑著回答，但臉上沒有平常的開朗，而是有所顧忌的神色。

「哇～～…………」

抵達電影院後，陽葵發出感嘆並仰望天花板。

巨大螢幕接二連三播放響亮的音效和電影預告片。

腳底下鋪了深藍色地毯，有種沉穩寧靜的氣氛。

冷氣大概開很強，電影院內比購物中心的通道涼爽。

我是第一次來到這間電影院，卻湧現一股懷念的心情。大概是因為每間電影院的氣氛都大同小異吧。

陽葵盯著貼滿整面牆壁的大張電影海報，邁步的同時一張接一張仔細看過去。我則在她後頭一段距離處看著她的反應。

像是要烙印在眼底，像是要牢記在腦海——

雖然看不見陽葵的表情，但她的認真從她的背影傳來。

「要看個電影嗎？」

「咦！」

吃驚的陽葵睜圓了眼睛，轉頭看向我。

「既然都到這裡了，我想順便看部電影再回去。」

「可是——」

陽葵仰望著的是電影院內設置的時鐘。

看來她很在意時間。

「電影大概兩個小時就會結束，看完剛好是能回家的時間吧。」

「原來是這樣……那我就不客氣了。」

「那麼，妳要看哪部？」

「嗯～～……海報我都看過一次了，每部好像都很有趣……但我沒有特別想看的，開始播映的時間最近的就可以了。」

售票區上方的螢幕顯示著一整排電影的名稱和開始時刻。

「最快的是距離現在二十分鐘的電影……真的好嗎？好像是動作片。」

我看過片名，為防萬一便向陽葵確認。

我怕如果陽葵討厭血腥戰鬥的作品，這對她也許會是一段痛苦的時間，不過——

「嗯。我看電影不分類別，什麼都看！」

「……這樣啊。」

她的回答出乎意料地精神飽滿。

高中女生一定喜歡戀愛類電影——這種刻板印象真的不好啊。況且陽葵（在我眼中）本來就是個感性有點奇特的女生。

我馬上就到售票處排隊。

像這樣沒有事先了解電影資訊就直接看電影，也許是我人生中第一次。某種意義來說是種賭博，不安與期待各半。

順利買到電影票，回到陽葵身旁時，她的視線指向販賣區。

「原來如此，這就是電影院的爆米花……」

櫃檯上有偌大的爆米花機。香甜的氣味傳到鼻尖，是焦糖的味道吧。

「反正都來了，要買嗎？」

「哇呀！駒村先生已經回來了喔！」

「是啊。話說，妳要買嗎？」

「呃，那個，真的可以嗎……？」

「用不著這麼客氣。」

於是我決定買尺寸最小的焦糖口味爆米花。

不久前才吃過豬排蓋飯，現在要是點了整桶的爆米花，之後鐵定會後悔。

若是學生時代大概就能輕易吃完吧……

順便也買了飲料後，我們終於走向放映廳。

陽葵在就座之前神色顯得緊張，直到坐下才終於放鬆表情。

「呵呵，感覺有點開心呢。第一次來看電影，第一次吃電影院的爆米花和飲料。」

陽葵拿著飲料杯，露出笑容，然後——

「就好像真正的約會……」

非常小聲地呢喃。

大概是對「約會」這個字眼起了反應，我的心跳倏地加速。

不過那絕非讓人厭惡的悸動。

為了忽視自己的感受，我舉起杯子想喝剛才買的冰咖啡時，音量特大的廣告突然開始播放，讓我因為不同原因而心驚。

「嚇了一跳～～……」

陽葵似乎也嚇到了。

她先是睜大眼睛盯著銀幕，隨後伸手從我拿著的爆米花杯裡拿了一顆，「呵呵」輕笑。

※　※　※

在晄輝的帶領下，奏音與他來到一間中式餐廳。

話雖如此，店外裝潢主要是白色，乍看之下像是一間西式餐廳。

「哦～～……是個很漂亮的地方耶～～和哥一個人絕對不會去。話說，他根本就不會列入考量吧。」

「原來如此……這就是奏音對老哥的印象啊……」

「咦～～？沒有啦，我真的不是在說他壞話——」

「但是妳說中了，正確解答。我來給妳打個滿分。」

「謝、謝謝……？」

「不過我還是幫他說句話，如果不是因為工作上取材需要，我也不會進這間店。」

兩人如此交談，正要走進店內的瞬間，奏音停下腳步。

「怎麼了嗎？」

「啊，沒事……只是看到飛機雲。」

奏音的視線朝上。

在高空處飛行的飛機後方漸漸畫出兩道直線的雲。

「喔～～像這樣偶然看到，還真的很漂亮呢。早知道就把相機帶在身邊。」

「…………」

奏音好一段時間默默地凝視著飛機雲，最後突然回過神。

「抱歉，晄哥。我們進去吧。」

她的臉龐浮現了些許憂愁，而和她同樣仰望天空的晄輝並未注意到。

兩人點完餐後，面對面坐在餐桌旁，沒有對話。

個性開朗的晄輝話比和輝多，但似乎也沒辦法一直說個不停。他好像有些閒得發慌，隨手翻動菜單。

奏音一隻手撐著臉頰，把玩智慧型手機的同時用眼角餘光打量晄輝的臉。

（跟和哥不太像啊～～……）

印象中，小時候兩人給她的感覺更像一點，但因為是小時候的事，奏音也記不清楚了。

（和哥……）

奏音收到了母親傳來的訊息，但她還沒告訴和輝，讓她一直耿耿於懷。

不過現在更讓她在意的是，目前不在這裡的那兩人。

和輝與陽葵去哪裡了？

真的去約會了嗎？

現在在做些什麼？

說不定就算奏音不在場——不，也許正因為奏音不在場，兩人正度過一段快樂的時光？

一這麼想的瞬間，鼻子深處和眼角就漸漸發熱。

奏音連忙把裝著水的杯子端到嘴邊，遮掩自己的反應以免被晄輝發現。

「對了，晄哥不是說過自己有女朋友嗎？不用陪她嗎？」

「嗯～～我女友？她是服務業，今天要上班，所以我到晚上都很閒。」

「是這樣啊。」

「嗯。」

「…………」

對話無法持續，突然中斷。

因為奏音的思緒無可抑制地轉向不在這裡的兩人，而非眼前的晄輝。

「和哥跟陽葵，什麼時候才會回來啊？」

這樣的思緒化為不自覺的低語。

「我想入夜前就會回來了吧。」

「說、說的也是。再怎麼說入夜前就會回來吧！」

也許是因為那句話完全出自無意識，讓奏音急了起來。

這時，晄輝自然也注意到奏音不太對勁。

「奏音……？」

「因、因為我還要做晚飯嘛。我沒問他們兩個什麼時候回來，所以那個，我在想要幾點做飯。」

奏音急忙找理由。自己的藉口太過拙劣，讓她不禁有點想哭。

「是這樣啊。那妳聯絡他一下不就好了？」

晄輝的視線轉向奏音手邊的智慧型手機。

的確如此。這種事只要問本人就能立刻解決。

但是現在的奏音心慌意亂，連「這麼簡單的事情」都想不到。

奏音立刻打了訊息：『你們幾點會回來？』

同時心中祈禱就算只有這一瞬間，和輝的注意力會轉向自己。

※　※　※

電影的片尾曲結束後，放映廳的照明重新點亮，陽葵長長吐出「呼～～～～～」的一口氣。

「哇，真的好棒喔。不管是影像或聲音，效果都遠遠勝過用電視或電腦螢幕看……這就是在電影院看電影的感覺啊。呼～～真是上了一課。哎呀，太棒了。」

看來她非常感動。

對她而言似乎是不錯的初次體驗，我也覺得開心。

電影內容也沒什麼讓人介意的，吸睛的動作場面加上賞善罰惡的故事，十分簡單易懂，容易投入其中。還好不是莫名其妙的電影。

取出智慧型手機，開啟剛才關掉的電源後，收到了來自奏音的訊息。不過訊息送出的時間是電影剛開始的時候。

『你們幾點會回來？』

我短暫思索。

電影也看完了，接下來就幫奏音買個點心，回家去吧。

雖然今天的「約會」只是為了不讓晄輝起疑而特地偽造的證據，我覺得還是幫晄輝帶個伴手禮回去比較好。

我回覆：『大概下午四點過後會回去。』之後把剩下的爆米花統統倒進嘴裡。

隔了很久才回覆，不曉得奏音會不會生氣。

「對了，電影最後其中一名夥伴對敵人使出了很帥的摔角技，感覺很像那一天的駒村先生。」

離開電影院後走了一段路，陽葵突然如此說道。

「那一天」指的當然就是村雲非法入侵我家那一天吧。

「是喔……」

「我聽友梨小姐說過，駒村先生好像從國小就一直在練柔道吧？」

我無法立刻回答。

陽葵大概是對一直沉默的我感到納悶，便抬起臉望向我。

「駒村先生……？」

「……我沒有一直練。」

「咦？」

「沒有一直練啊。我——在中途放棄了。半途而廢。」

我也不知道自己正擺出何種笑容。

在陽葵眼裡看起來又是什麼樣子。

輕浮地笑談自己的半途而廢，這樣的大人。

陽葵的表情顯然轉為困惑，讓我冒出尷尬的心情。

儘管購物中心氣氛歡欣熱鬧，充斥在我們之間的氣氛卻有點陰鬱。

氣氛會變得如此難以言喻，不是陽葵的錯。

明明是我的錯——

「買點甜食回家給奏音吧。由妳來選奏音會喜歡吃的東西。」

強制結束這個話題。

也許不自然，但這樣陽葵一定也會覺得比較好吧。

「好的，請交給我！」

大概是在體恤我——

陽葵開朗地答應。

她的笑容讓我不由得感到有些安心。

買了要給奏音和晄輝的甜點後回到家，兩人在客廳玩對戰類遊戲。

對了，自從奏音和陽葵住在這裡，我好像一次也沒打開過遊戲機。

我原以為兩人——特別是奏音應該沒興趣，看來似乎並非如此。

「啊，你們回來啦～～」

「老哥和陽葵，你們回來啦。」

就在晄輝回過頭的瞬間，奏音說著「有破綻！」打飛了晄輝的角色。

「啊啊！妳怎麼可以這樣！」

「哼哼～～剛才是晄哥說輸贏的世界是不擇手段的喔～～」

雖然不知道剛才兩人之間有過什麼交流，看得出奏音和晄輝對戰時累積了不少鬱悶。

「唉～～……既然都華麗敗北了，我就回去嘍。」

「晄輝，我買了水果塔，要帶回去嗎？」

「不了，我的份就給奏音吧。應該輕輕鬆鬆就能吃光，對吧？」

晄輝對奏音投以別有用意的視線。

奏音撇著嘴，發出「唔～～」的低吟聲，臉頰微微泛紅。

八成是午餐時，奏音的驚人食量曝光了吧……

「就這樣啦，我先走了，老哥。」

「知道了。今天謝啦。」

坦白說完全是瞎操心，但我也不能老實這樣說。

晄輝揮著手走出玄關。

在變安靜的家中，我們三人互看。

「算是……平安過關了嗎……」

「總之晄哥應該沒發現喔。他也沒有特別問我陽葵的事。」

「是喔。奏音，謝謝妳今天幫忙應付晄輝。」

「嗯～～……」

奏音眉毛往下垂，視線在我和陽葵之間來回遊走。

「所以，你們去哪裡了？」

「之前去的購物中心。」

「喔，那邊啊……『約會』開心嗎？」

「呃——」

我和陽葵慌了，不知該怎麼回答才好。

奏音似乎有點鬧脾氣，微微鼓著臉頰。

我隔了太久才回覆訊息恐怕也是原因之一吧。

「小奏……那個…………」

「嗯。」

這時，奏音突然對我們伸出手。

不對，正確來說是朝著我手中的白色盒子伸出手。

「水果塔，快點給我。這樣我就原諒你。」

「我、我知道了。」

我立刻把水果塔擺到飯廳的餐桌上，準備盤子和叉子。

「小奏，我的要不要也給妳吃？」

「不用啦，再怎麼說我也不會連妳的份都吃！還有晄哥的份耶！」

「不用客氣喔。」

「我沒有客氣啦！」

兩人的對話讓我不由得竊笑，奏音便大罵：「和哥不要笑！」

今天原本讓我充滿了不安，但目前看來算是平安度過了——應該吧？

「好了，讓妳久等了。儘管吃吧。」

「等好久了。」奏音說完，開始大口享用水果塔。

水果塔上有草莓、奇異果、橘子等，分量十足。不過奏音好像根本不在乎尺寸，大口大口地品嚐。

陽葵笑盈盈地看著她那模樣，自己也開始吃水果塔。

……我再度體認到自己喜歡和她們一起度過的這種平穩氣氛。

儘管我知道自己不應該有這種感覺。

第4話　傳授與女高中生

星期六上午。

陽葵洗完衣服後去打工，我用吸塵器清理過家裡地板時，奏音突然對我提議：

「和哥，今天午餐可以和我一起準備嗎？」

「可以是可以，怎麼突然這麼說？」

要做什麼很費工夫的餐點嗎？

需要大人的力氣才能做的料理……該不會是烏龍麵？要揉麵團嗎？需要揉出嚼勁嗎？或者是蕎麥麵？

「要把我的口味傳授給和哥啊。」

然而奏音的回答和我的預料完全不同。

「咦──？」

突然聽她說要傳授，我也不由得吃驚。

而且一聽到「傳授」這個字眼，首先會浮現在我腦海的還是格鬥技的技術指導之類……

也許是過去玩過的電玩遊戲的影響吧。

「和哥之前不是說過要我教你做菜嗎？」

「我是說過沒錯……」

我當然不會忘記。

我原本以為那個回答傷害了奏音，不過看這反應也許並非如此？

「所以說，馬上就來實踐。」

奏音臉上浮現愉快的笑容，完全無法判讀她這方面的心情。

奏音穿著圍裙站在廚房，我站在她身旁。

奏音準備的食材雜亂地擺在我們面前的料理台上。

「義大利麵啊？」

「ＹＥＳ。我想說和哥個性嫌麻煩，最好做一道菜就能解決一餐吧？」

「感謝妳的體恤……」

誠如她所說，我覺得下廚有太多事都很麻煩。正因如此，我獨自生活的時候也幾乎不曾自炊。

「要做的是奶油義大利麵。我之前做過一次，記得嗎？」

「喔喔，我記得。那道義大利麵真的好吃，第一次有義大利麵讓我想多吃一盤。」

「那道好吃的義大利麵，和哥也能學會做法。」

「這樣啊……」

聽她這麼說，我也有點期待了。

「所以，首先為了煮義大利麵，要在鍋子裡煮水～～啊，順便一提，要是有耐熱容器，義大利麵也可以只用微波爐加熱。只做一人份的話，這樣就輕鬆多了。」

「哦～～」

我用智慧型手機做筆記，記下這項知識。

我現在把奏音看作講師，而我則是學生。

「在煮水的時候做其他事。首先切洋蔥，放進平底鍋，接著把培根也切成適當的大小，然後放進去。」

照奏音所說的，開始切洋蔥和培根。

切洋蔥時又忍不住流淚了，但是和陽葵那時不同，奏音沒有多說什麼。

反倒是看到我的哭臉讓她覺得尷尬吧，她說著「打開通風扇也許會好一點」，有些慌張地幫我打開了通風扇。

「基本上配料有這兩種就夠好吃了。」

「哦～～材料少又好吃的話很方便啊。」

「剩下就是個人喜好了～～要加菠菜或青花菜都好吃，加明太子或蝦子也不錯吧？不過今天要加的是鴻喜菇，昨天剛好特價。」

奏音取出了整包的鴻喜菇，放到我面前。

我用手把鴻喜菇撕開，放進平底鍋，之後再加進奶油，一直炒到洋蔥變軟。

在這之間，我也不忘盡快做筆記。

「接下來就加入麵粉——啊，和哥，水滾了。」

「哦？那接下來就可以放義大利麵了吧？」

「在這之前先加一小撮鹽。雖然這鍋子有點淺，把義大利麵對折就可以了。」

我按照奏音所說，加入鹽巴和義大利麵，設定計時器。

「老實說，和哥，園遊會結束之後，媽媽聯絡我了。」

「哦～～…………呃，咦咦咦咦咦咦！」

為什麼這麼重要的事，語氣輕描淡寫得好像料理的其中一個步驟啊！

「啊，看著平底鍋，會焦掉喔。加入麵粉之後，要攪拌到結塊都散開。」

我按照奏音的說明動作，但是注意力已經無法集中在平底鍋上。

話說，為什麼奏音的態度這麼稀鬆平常？

「那……阿姨她怎麼說？」

「她說『有點累了』。」

「…………」

也許這是我第一次真正體驗到何謂啞口無言。

我真的不知道該怎麼回答才好。

「啊，勾芡的感覺有出來了喔。接下來要慢慢加入牛奶。」

奏音談起這件事時的口吻和態度也一如往常。

那在我眼中顯得有點不自然——

「奏音……我說啊——」

「沒事的，我沒有在忍耐。」

被她搶先了，我不由得睜圓眼睛。

奏音哭的那一天，我並沒有直接對她說出那句話。

但是她確實理解了我的意思。

「坦白說，我也不是完全沒事——不過，我沒有在忍耐。」

奏音淺淺笑著，表情看起來不像在說謊。

「……是喔。」

我一面把牛奶倒進平底鍋，用木鍋鏟攪拌。奏音在我旁邊說「這時候加入高湯」，從一旁伸出手。

「嗯。所以啊，我現在才會像這樣，跟和哥一起下廚喔。」

奏音靦腆地笑著，臉頰微微發紅。

因為我覺得自己好像會跟著一起臉紅，便連忙把注意力轉向平底鍋。

牛奶剛加進去的時候還很稀，攪拌之後漸漸變濃稠。

「然後妳怎麼回阿姨？」

「沒有。還沒，因為我不知道該怎麼回……但是，我稍微放心了。」

「放心？」

「回想起來，媽媽有時候會跟我說『謝謝妳平常幫忙』，但從來沒聽她說過『累了』之類負面的話……這次第一次聽見這種話——這樣講很奇怪，不過我明白媽媽也是個人，讓我放心了。」

我從奏音的表情感受到的感情並非怨恨，而是感謝。

我不知道她們之前過著什麼樣的生活，但是我理解了至少對奏音而言，那樣的生活絕非不幸。

「不過媽媽一聲不吭就跑出去，我還是有點生氣。」她還是補上了這句話。

「剩下最後的步驟。灑一點胡椒鹽——」

「灑了。」

「加少量醬油提味。」

「醬油？這是奶油義大利麵，要加醬油嗎？」

「嗯，一點點就好喔。味道有層次會更美味。」

「哦～～……」

簡單說，就像在咖哩裡面加巧克力或優格之類吧？現在沒有空檔做筆記，之後還是要記得寫下來。

這時烹調計時器發出嗶嗶聲響。義大利麵似乎煮好了。

「喔，正好煮好了。和哥就繼續攪拌。」

奏音以熟稔的動作從鍋中取出義大利麵，加到我正在攪拌的奶油醬汁中。

「接下來只要讓麵裹滿醬汁就完成了！記得怎麼做了嗎？」

「大概……之後我再寫下來。」

我取出兩人份的盤子，把做好的奶油義大利麵盛到盤中。

雖然有奏音幫忙，但我居然也能做出這種精緻的料理——我不禁有點感動。

對了，拍照留念吧。

我第一次明白了有些人會把自己做的料理拍照上傳網路的心情。

把手機鏡頭朝向義大利麵的時候，奏音的臉倏地闖進視野。

「喂，會擋到啦。」

「這樣一來，每次你做奶油義大利麵就會想起我吧？」

「————！」

奏音惡作劇般愉快地笑著。

映在手機鏡頭中的那張臉顯得有些成熟，讓我不禁怦然心跳。

「下次要教什麼呢？就和哥的興趣來看，牛肉蓋飯或豬肉蓋飯比較好吧？」

她已經開始構思下一道菜了。

『教我做菜吧——』

這句話原本是為了與奏音保持距離才說的，現在卻反而拉近了距離，這難道是我的錯覺嗎？

沒有辜負外觀給我的期待，自己做的奶油義大利麵相當美味。

順便煮了即食玉米濃湯，頗有飽足感，讓我心滿意足。

吃完後就是洗碗盤。

這部分自從兩人住進來就幾乎都由我負責，我想應該做得比過去更有效率才對。也許我差不多可以拿到「洗碗大師」的稱號了。

我打算沖掉沾在湯匙上的洗碗精泡沫，讓湯匙觸及水龍頭流出的水柱時。

「唔喔！」

水滑過湯匙表面，畫出扇形飛濺出去。

可惡。看來通往「洗碗大師」的路途還很遙遠。

「想洗湯匙時一不小心就讓水四處亂噴的問題」，一旦鬆懈就會發生啊。

每次失敗都會告誡自己：「下次一定要當心……」但總會在忘記教訓時再度犯錯。為何人類就是這般不懂得進步的生物？

「怎麼啦，和哥？還好嗎？」

「抱歉，只是水灑出來而已。」

「換我來洗吧？」

「不，到洗碗結束都是料理的一部分——對吧？」

「是喔……和哥一定能成為一位好老公喔。」

「啥——！」

「呵呵，和哥害羞了～～這是報復你上次講的話喔。」

奏音拋下這句話就走向客廳，打開電視。

我還記得之前對奏音說過「妳能成為好妻子」……沒想到居然會受到這種報復。

確實聽人家這樣說感覺很害羞啊……

我很明白當時奏音的感覺了。以後對別人說這種話的時候一定要注意。

……雖然我不認為還會有這種機會。

※　※　※

告知上課時間結束的鐘聲一響起，嘈雜聲馬上就充滿教室。

在這片喧鬧中，奏音愣愣地看著窗外。

雖然還沒宣布梅雨季結束，感覺今年的雨天似乎不多。

今天的天空有許多雲朵看起來有如被撕開的棉花糖。

「看起來好好吃……」

「什麼東西？」

「喔哇！」

有人回應奏音的自言自語，讓她不由得輕聲驚叫。

轉頭一看，發現由衣子和小麗拿著便當站在身後。

「奏音該不會睡昏頭了？已經午休了喔～～」

「啊～～……對喔。」

數學老師說起話來缺乏抑揚，奏音每次都會昏昏欲睡。就如由衣子猜測的，奏音的睡意依舊揮之不去。

「先拋開幻想中的午餐，來吃現實中的午餐吧～～」

「好好好～～」

奏音回答後，從書包中取出便當盒。

到了午餐時間，兩人就會來到奏音的座位一起吃午餐——這樣的習慣已經從春天一直到現在，今天兩人也一如往常坐到奏音前方的座位。

順帶一提，奏音前方座位的男生們在鐘聲響起後就立刻離開教室了。雖然奏音從來沒有問過，大概是去學生餐廳或福利社吧。

「暑假馬上就要到了耶～～」

「嗯，真的好期待。」

打開便當的同時，由衣子和小麗顯得比平常雀躍。

不只是她們兩個，最近班上總是充斥著有點亢奮的氣氛。

暑假前這種獨特的氣氛，過去的奏音總覺得不太適應。因為暑假對她而言並非多麼歡樂的時光。

她喜歡在學校和其他人相處遠勝過一個人待在家裡。

就算學校不上課，母親當然還是要工作。

去年她曾經考慮暑假去打工而找過求才資訊，但腦海裡時常擔心也許會因此累得沒辦法做家事，於是到最後什麼也沒做。

在家裡一個人隨便打發時間，這就是奏音一直以來的暑假。

不過今年——她不是一個人。

「由衣子和小麗好像也特別開心，有什麼活動嗎？」

奏音這麼問，兩人便對看一眼，心領神會般笑了笑。

「其實～～我搶到夏季巡迴的門票了喔！」

「嗯，我則是因為由衣子抽中才能跟著一起去。」

「哦～～！很幸運嘛！」

兩人是重度偶像宅，之前似乎也參加過演唱會。不過門票並非每次都能抽到，奏音也見過好幾次兩人說著「沒中……」情緒消沉的模樣。

也因此，抽到時更是令人喜悅吧。

奏音對演唱會沒興趣，但是看朋友開心，她也高興。

「話說，奏音有計劃要做什麼嗎？」

「我……要去親戚家。」

要回答「什麼也沒有」有些抗拒，情急之下便如此回答。

（其實我已經住在和哥家了……也不算說謊吧，嗯。）

「該不會就是上次遇見的表妹？」

「我記得她叫陽葵？」

「啊？嗯。」

回想起來，上次一起玩的時候，奏音對兩人介紹陽葵是自己的表妹。

「有空的話再一起玩吧。」

「嗯。不過陽葵有打工，有沒有空很難說就是了……」

「哦～～陽葵有打工啊。」

「啊，我暑假也預定要打工……想存錢買周邊。」

小麗微微舉起手後，由衣子反應誇張地大喊：「差點忘了！」

之後兩人便聊起她們想買的周邊。

（暑假要做什麼啊……）

看著滿心期待的兩人，奏音的思緒飛向已經不遠的暑假。

※　※　※

第5話　打工與女高中生

※　※　※

太陽西斜，在橙色與深藍漸層的天空下。

陽葵在打工場所的後門前方停下腳步，輕聲嘆息。

她的視線盯著地面，感應式照明把她的身影照得亮晃晃。

這陣子陽葵的班一直被排在上午時段，但今天是久違的夜間時段。

換言之，「那一天」之後不曾碰面的高塔，會在今天首次碰面。

「可是不能把私事帶進工作……要表現得一如往常才行……」

陽葵為了提振精神，拍拍自己的臉頰後打開門。

一打開門就是休息室。

店長中臣坐在辦公桌前敲打著鍵盤，大概正在排接下來的班表。

「店、店長好。」

「哎呀，小葵好啊。」

中臣以一如往常的磁性嗓音回答陽葵。

這麼說來，稱呼不知不覺間從「駒村小姐」變成「小葵」了。不過對陽葵來說，不管店長怎麼稱呼，她都開心。

陽葵把私人物品放進置物櫃，走向房內角落用拉簾區隔的簡易更衣室。這時中臣突然叫住陽葵。

「小葵。」

「啊，是的！」

陽葵不由得站定不動。中臣微微歪著頭繼續說：

「發生什麼事了嗎？」

「咦——？」

不禁發出高亢的聲音。

「為、為什麼這樣問？」

「嗯～～……妳看起來好像沒有平常那麼有精神。」

「…………」

看來陽葵的遲疑還是顯露在外了。

話雖如此，因為這件事扯上戀愛，讓她躊躇不知該不該說出口。

對方並非中臣不認識的人，而是高塔，更是讓她猶豫。

短暫煩惱了幾秒，陽葵突然想到某件事。

「那個……店長，其實我快搬家了。所以下個月中旬，我會辭掉這份打工……」

「哎呀，這樣喔？」

「是的……」

辭職並非謊言。

要離開現在的生活場所也是真的。

儘管如此，陽葵的良心還是受到了苛責。

「好不容易才習慣這份工作，真的很抱歉……」

「雖然可惜，既然是這種理由，那也沒辦法。」

「突然要辭職，真的很對不起……」

「光是事先知會我，我就已經很感謝了。也有不少女生突然就不來上班，那真的很讓人受不了……話說小葵沒精神，理由就這麼單純？」

「咦——？」

中臣直盯著陽葵，眼神好像有種足以洞悉一切的成熟——

陽葵難以承受，不由得挪開視線。

「哎呀，不好意思，不想說的話沒必要逼自己說。哎，我當店長的時間也不短了，見過形形色色的孩子，某種程度還能想像——不過，也有可能和我想像的完全不一樣嘛。」

「那個…………」

「我說啦，用不著逼自己說出來。只是，最近小葵的人氣也直線上升，坦白說讓我覺得有點寂寞，畢竟不久前惠蘇口小姐也辭職了。」

『老實說是因為我被甩了。』

因為中臣提起了惠蘇口，當天的那道身影掠過陽葵的腦海。

她臉上雖然掛著笑容，滿是瘡痍的心肯定超乎陽葵的想像吧。

園遊會那時候，駒村只不過是拒絕了陽葵的暗示，她就差點哭出來了。

要是駒村直接說出拒絕的話，自己的心究竟會變成什麼樣子？

（嗚～～……不可以。現在不可以去想。）

如果繼續想下去，好像會陷入負面情緒的泥沼而無法脫身。現在還是先專心打工吧。

「店長，剩下這段時間我也會好好努力。所以在那之前，請多多指教！」

陽葵鞠躬這麼說，中臣見狀便輕笑道：

「小葵真是率真得教人目眩啊。」

中臣的眼神溫柔得難以形容，讓陽葵心中想著：雖然店長怪怪的，但真的是個好人。

換上女僕裝，洗好手後走進店內。高塔一如往常在餐廳準備料理。

陽葵早已習慣蛋包飯的氣味，但每次來上班總會覺得「聞起來就很美味」。

高塔注意到陽葵出現，手握著平底鍋的握柄向她打招呼：「今天也多多指教。」

不同於陽葵的預料，高塔的態度極為平常，讓她不禁有些訝異。

她原本做好了心理準備承受更尷尬的氣氛，因此在心中鬆了口氣。

「請、請多指教。」

雖然打招呼時有點尷尬，陽葵一如往常開始工作。

光看高塔的態度，恐怕沒有人能猜到他和陽葵之間發生過的事。

他是大學生，年紀比陽葵大。

雖然無法光憑年齡就衡量人的內在，不過他的態度肯定是因為他的人生經驗比自己豐富吧——陽葵隱約有這種感受。

「辛苦了。」

「辛苦了～～」

沒有遭遇任何問題就來到下班時間，陽葵和其他女僕道別，離開了店。

就在這時，同樣剛下班的高塔對她問道：

「駒村小姐，今天……妳有什麼打算？」

這個疑問無庸置疑是：「要不要一起到車站？」

自從遇到客人埋伏在後門等她，高塔就陪她一起走到車站。

但是上次告白後，這是第一次與他在同一時間下班。

陽葵短暫遲疑後回答：

「那個……已經沒問題了。店長準備對策以後，那個人一次也沒在外頭等。他在那之後好像也沒有再來店裡……所以我可以一個人回家。高塔先生，非常感謝你過去的陪伴。」

「……這樣啊。」

雖然只是短短一瞬間，高塔的臉上浮現些許憂傷。

陽葵在那一瞬間就注意到了。

就算告白被拒絕，對對方抱持的心情也不會立刻消失。

也許有些人能立刻甩開過去，走向「下一段戀情」，但大多數人都無法輕易放下。正因如此，惠蘇口才會辭掉打工。

不過高塔正盡他所能不顯露那樣的心情。

不，也許是無法顯露。

又或者是在乎陽葵的心情，想盡可能不讓她注意到——

無論真相為何，陽葵明白了高塔的心依舊很難受。

「……真的非常謝謝你。」

陽葵再度道謝後低下頭，走向休息室。

只要陽葵的心意沒轉向高塔，無論說什麼，肯定都無法治癒高塔的心吧。

自己無可奈何的原因讓人感到幸福，或是讓人因此痛苦。

（戀愛真難啊……）

陽葵離家出走前不曾戀愛。

所以那對陽葵而言是種彷彿霧裡看花，離自己有點距離的感情。看漫畫的時候，雖然能理解卻難以感同身受。

然而，那天她遇見了駒村——

不論歌曲、戲劇或漫畫，世界上為何充滿了以戀愛為題材的作品？她覺得自己終於明白了理由。

陽葵一直不曉得原來是這麼複雜的一回事。

※　※　※

第6話　咖啡與我

※　※　※

在友梨打工的那間咖啡廳，一過附近公司的上班時間，也就是九點過後，店內就會變得清閒一些。

友梨收拾了留在桌上的餐具送向洗碗槽，走過店長身旁時，店長對友梨問道：

「和輝最近真的都沒來耶。」

「是啊。」

友梨知道理由，但當然不打算說出口。

（這下變得不方便去和輝家了……）

為了避免店長發現，友梨壓抑自己的嘆息聲。

友梨對和輝表明心意的那一天——

其實她在那之前已經發現奏音跟在他們兩人身後。途中回過頭的時候，剛好注意到奏音的身影。

看來自己的動態視力還算年輕啊。當時她還湧現了幾分莫名的自信，這些事和輝絕對無從得知吧。

不過，她也不確定奏音是否聽見了她的告白，然而從兩人間的氣氛猜到的可能性很高。

當時友梨腦海只想著眼前的和輝，實在沒辦法分神注意周遭的狀況。

告白——

那一天，她有生以來第一次親口告知自己的心意。

光是回想就讓她心跳加快，害羞得臉頰立刻泛紅。

雖然酒精確實有些影響，當時的友梨懷著無從排解的焦急，這也是事實。

焦急——那就是奏音與陽葵的存在。

面對區區高中生到底有什麼好著急？她一方面這麼想，但是一想到三人住在同一個屋簷下這項事實，終究無法輕視之。

和輝沒辦法立刻回覆友梨，也是因為那兩人的問題尚未解決。

話雖如此——

友梨實在無法討厭那兩人。

家事萬能又懂事的奏音。

朝著夢想埋頭衝刺，個性率真的陽葵。

她覺得兩人都是好孩子。在和她們一同度過的時間當中，對友梨來說兩人已經形同自己的妹妹。

正因如此，現在的狀況更是讓她難受。

※　※　※

早晨——鬧鐘響起之前。

「和哥……」

半夢半醒的我聽見呼喚自己的聲音，頓時清醒過來。

我只把臉轉向一旁，看到奏音站在我的床邊。

臉色看起來不太好，是因為房間很暗嗎？

「我今天好像，有點發燒……」

「發燒？還好嗎？」

我連忙撐起身子。

看來臉色不好並不是因為房間很暗。

「身體很沉重……早餐沒辦法做了，還有學校請假……」

「我知道了。今天就好好休息。」

「嗯……」

這時，不知為何奏音動作緩慢地想鑽進我的被窩。

「喂！回妳自己的被窩啦！」

我小聲但緊張地告知。

萬一奏音就這樣睡在我床上，會讓陽葵產生不必要的誤會。我什麼也沒做，卻要背負罪名。

「唔～～啊～～……抱歉……」

奏音拖著沉重的身體回到自己的被窩。

剛才的反應不是故意的嗎……

話說回來，奏音是容易著涼的體質嗎？

不久前才感冒過一次——

回想到這裡，上次幫奏音擦背的影像重回腦海，我連忙甩甩頭。

奏音好像原本打算在早上做煎鮭魚和清湯。材料已經準備好放在冰箱前排，一目了然。

清湯裝在三人份的小容器內，只要加熱就能食用。因為這是昨天晚餐的剩菜，我一看就知道。

不時像這樣連同隔天早餐一併準備，讓我不禁敬佩她的生活能力之高。

呃，我也覺得不可以光敬佩就是了。

「小奏說她現在什麼也不想吃。」

陽葵從客廳走來。

「是喔……告訴她不管什麼都好，晚點一定要吃點東西。」

「我明白了。萬一真的有需要，我會去買給小奏吃。」

總之我先從冰箱取出兩人份的鮭魚，並開始煎。

清湯則拜託陽葵準備。只需放進微波爐加熱，也不用特別拜託她就是了。之後再加點麵麩吧。

鮭魚馬上就煎好了。只要連白飯也準備好，就是一頓豐盛的早餐。

該怎麼說，感覺像是自己正過著「像樣的生活」，心情還不錯。

話雖如此，到咖啡廳吃晨間套餐的時間，我也同樣喜歡。

仔細一想，我有好一段時間沒去那間咖啡廳了。

反正今天比平常早起，就先去店裡一趟再上班吧。

我很快就吃完早餐，做好上班的準備後，決定把剩下的事交給陽葵。

「我要出門了，奏音拜託妳了。」

「好。我今天也不用打工，請放心交給我。」

「有什麼事就馬上聯絡我。」

「好的。」

「用火的時候千萬要當心喔，不要燙傷了。為了避免發生火災，易燃物絕對不要放在附近喔。」

「我知道啦。我到底有多沒信用啊！」

「沒有啦，只是忍不住會擔心……」

因為我過去見識過陽葵有多笨手笨腳啊。

話雖如此，多虧去外頭打工，陽葵也漸漸有所成長，今天就交給她處理吧。

出門前只聽見陽葵一人份的「路上小心」，不同於平常而有點不對勁。

站在公司附近的咖啡廳前面是大概兩個月前的事了吧。

上次來的時候完全沒想過友梨會對我告白……

雖然不禁有些躊躇，事到如今我也不打算回頭。

我下定決心推開門，鈴鐺發出清脆的聲響。這聲音同樣好久沒聽見了。

「咦，和輝！」

穿著圍裙的友梨看到我走進店裡，睜圓了眼睛。

「喔～～歡迎光臨。」

像演員的店長還是老樣子，帥氣有型，面露笑容迎接我。

「我們昨天才聊到你最近都不來，還真巧。」

「這樣啊……」

我側眼看向友梨，她有點害臊地挪開視線。

首先找個位子坐下。今天我選了餐桌的位子。

看準我坐下的時間，友梨一如往常端著水和濕紙巾過來。

「呃，就時間來看，今天應該也只喝熱咖啡吧？」

「是啊。」

要看她的臉總讓我覺得害臊，於是我盯著桌面如此回答。

友梨立刻就走進吧檯後方，告訴店長我的點餐內容。

不久，友梨回到我身邊，先說了一句「來，請慢用」，把收據和咖啡擺在桌上。

「謝——」

就在這時，入口處的鈴鐺再度響起。

「歡迎光臨。」

友梨立刻走向走進店內的客人並為客人帶位。

我看到面露柔和笑容接待客人的友梨，心中冒出難以言喻的陰霾。

這是因為我話說一半被打斷嗎？

還是因為——

為了沖走這種感覺，我一口氣灌了幾乎半杯的咖啡。

覺得嚐到熟悉口味的同時，又覺得和上次相比似乎苦澀了些。

※　※　※

奏音一直躺在被窩裡頭。

為了照顧奏音，陽葵從冰箱取出運動飲料，拿到她身旁。

「小奏，要補充水分才行喔。」

結果奏音從早上就幾乎沒吃東西，只吃了優格。

「嗯……………」

聽見陽葵的呼喚，奏音悠悠撐起身子，隨後從陽葵手中接過杯子，一點一點地啜飲，喝

完整杯運動飲料。

「午餐要怎麼辦？小奏想吃什麼，我去買回來。」

「陽葵……身體又覺得不舒服，不好意思……」

奏音再度躺下，孱弱地呢喃。

「這種事不用在意啦。話說，妳想吃什麼？」

「這個嘛，我想吃刨冰……口味要——」

「草莓？」

陽葵搶先這麼一問，奏音便有些開心地回答「嗯」。

「呵呵呵，猜到了。小奏就是喜歡草莓口味嘛。」

就在這時，奏音伸出手捏住陽葵的衣角。

「咦——？」

「以前……幼稚園的時候我發燒，媽媽來接我回家。那個時候也一樣，在回家路上媽媽買了草莓刨冰給我……」

「這樣啊。幼稚園的事也記得很清楚呢。」

「說到刨冰就讓我突然回想起來……」

奏音的手依舊緊抓著陽葵的衣角不放。

「我啊，小時候覺得雲像棉花糖一樣輕飄飄的，我一直以為人可以坐在上面……」

「…………？」

陽葵聽了奏音無厘頭的話，感到納悶。

也許是發燒使得意識朦朧吧。

「然後喔，媽媽揹著我回家……就在那時候，我不經意看向天空，就看到飛機雲。」

「……嗯。」

陽葵理解到原來這段話是剛才幼稚園的往事的後續。

「只有那時候，我忘記頭會痛，一直在想。那道飛機雲也輕飄飄的，人是不是能坐在上面？我很想知道，就跟媽媽說『媽媽，有飛機雲耶』，但媽媽什麼也沒回答我。」

「…………」

「媽媽大概沒聽見吧……畢竟我一定很重。但如果那時候媽媽回答我了，我就能更早知道雲才沒有輕飄飄的吧……因為我一直相信到國小四年級喔。」

奏音輕聲笑道。

陽葵無法理解為何奏音現在會提起這件事。

肯定是發燒的緣故吧——她如此想著。

這時奏音終於鬆手放開陽葵的衣角。

「……要回來喔。」

這句話讓陽葵驚覺。

同時她憶起之前和奏音吵架時的事。

當時的奏音看到陽葵回來，顯得異常地放心──

（原來是這樣。小奏對自己被母親拋下這件事──）

陽葵的胸口頓時揪緊。

「嗯。別擔心，我一定會回來。我去買刨冰喔。」

陽葵溫柔地輕撫奏音的頭，隨後站起身。

※　※　※

第7話 談心事與我

告知下班時間的鐘聲響起後一段時間，會計部的眾人說著「辛苦了」，各自準備下班。

因為我今天也順利達成工作進度，立刻就關掉電腦。

就在我從椅子上站起身時——

「唉～～～………」

磯部的身影映入眼簾。他趴在辦公桌上，長長吐出一口身上綁著鐵球般沉重的嘆息。

回想起來，今天午休時他也顯得無精打采。

平常他吃員工餐廳的A套餐總是狼吞虎嚥，今天他花上好一段時間才吃完。

話雖如此，磯部並未主動提起他沒精神的理由，我也刻意當作沒發現——

不過看他這麼明顯地散發著低氣壓，還是不免感到擔心。

因為平常總是磯部主動來找我語氣輕佻地抱怨：「你聽我說嘛～～」這次我覺得事情非同小可。

「怎麼啦？發生什麼事了？」

這下我也無法繼續視而不見。

我下定決心對他這麼一問，他下巴依舊抵著桌面，只把視線轉向我。

「駒村……我現在非常苦惱……」

「唉，看就知道了。」

「真的不知道該怎麼辦啦～～……」

「……要聽你吐苦水也是可以啦。」

我輕聲嘆息並這麼說的瞬間，磯部倏地撐起身子。

「真不愧是駒村大人！救世主大人～～！」

「不要亂稱呼。」

我對態度現實的同事感到傻眼的同時，取出智慧型手機，開啟社群軟體的畫面。

自從三人一起生活之後，我第一次對奏音送出「今天不用準備我的晚餐」這句話。

車站前的酒館。

這是一間主要賣烤雞串，吧檯座位占了大半的小店面。

因為現在才傍晚，店內只有我和磯部，再加上一名獨自喝酒的中年男性。

我隨便點了生啤酒，吃了兩顆店裡送上的毛豆後，磯部終於開口了。

「老實說……這話聽起來也許很難相信。」

「怎麼了？」

「佐千原小姐跟我告白了。」

「…………………………………啥？」

為了理解磯部這句話的意思，我大概花了十秒。

老爸打電話來要我讓奏音住進家裡時也很有衝擊力，不過這次恐怕更在那之上。

「呃～～……你是說那位佐千原小姐？」

「佐千原小姐還有哪位啦。就是你也認識的業務部門的佐千原小姐。」

「你是說，她跟你告白——？」

「是啊……」

「什麼時候？」

「昨天下班時。」

「真的假的……」

「是真的……」

「不是你的妄想？」

「只是妄想的話，我怎麼會煩惱成這樣啦！」

呃……佐千原小姐之前不是還用「帥氣」之類的字眼稱讚我嗎？

不是啦，其實我也沒有對此懷抱期待。

換言之，那真的是沒有其他用意、單純的場面話吧……

還不習慣被異性稱讚，我的稚嫩之處居然會以這種形式暴露出來。有點空虛。

「雖然你臉上寫滿難以置信，最吃驚的人可是我喔。」

「哎，想必也是……她告白的時候是怎麼說的？」

陌生人的戀愛關係我毫無興趣，但因為是磯部，我還是有點好奇。

「也很普通啊……就說『我喜歡你，請和我交往』……」

「哦～～」

「幹嘛啦，不要賊笑。」

就在這時，我點的生啤酒上桌了。

我和磯部又隨便點了一些烤雞串，等店員走遠後回到原本的話題。

「然後呢，你怎麼回答人家？」

「問題就在這裡啊…………」

磯部說到這裡，使勁灌了一口啤酒。

「那個……如果從來沒視作戀愛對象的人跟你告白，你會怎麼做？」

「呃——」

我沒想到他會這樣反問我，於是又愣了好半晌。

就某種角度來說，那也是在質問被友梨告白的我——

換言之，儘管狀況不同，我們其實面對的是同樣問題。

雖然我覺得和這位同事意氣相投，沒想過會連這種地方也與他一致。

磯部用哀求般的視線看向我。

好像吉娃娃。我不禁冒出這種想法。

我實在不想對成年男性湧現保護欲。別用這種眼神看我。

「這個嘛……如果我對那個人沒有厭惡的感覺，至少會先去認識對方是什麼樣的人……應該吧？」

我的回答變得支支吾吾。

哎，就友梨這個例子來說，我從小就和她熟識就是了……

「果然大家都會這樣吧……」

「我反過來問，你討厭佐千原小姐嗎？」

「不會啊。她個性開朗，人也很不錯。」

「現在有其他心上人？」

「不，目前是沒有……」

「既然這樣，我想應該也沒必要煩惱。」

儘管如此，磯部還是趴在吧檯上低吟著：「嗯～」

「我也知道你會這樣講啦，但是我想把工作和戀愛分開對待啊……因為明明都下班了，如果女朋友是同事，就算回到家，感覺心裡也沒辦法完全拋開工作嘛。」

「原來如此……」

過去我從來沒想過這種事，這麼一說，我便恍然大悟。

選擇職場戀愛的那些人在這方面都看得很開嗎？

「還有，我的個性是只要交到女朋友，在公司絕對會靜不下心嘛。感覺會被其他人發現吧？到時候也會給佐千原小姐帶來麻煩吧？」

「不要自己這樣講啦。」

能夠自我分析到這個地步，某種角度來說很讓人尊敬就是了……

「不過就算是你，靜不下心也只是一開始，之後就會平靜下來吧？最重要的還是你自己的心情，或是你怎麼看待佐千原小姐，重點在這部分吧。」

我自己說的話，自己都覺得心虛。

我到底是怎麼看待友梨——

我再度理解到這個問題的答案依舊曖昧不明，只是一直在拖延時間。

「自己的心情啊……」

磯部大嘆一口氣的時候，剛才點的烤雞串送到眼前了。醬汁與鹽味的組合。微微冒著白煙，看起來十分美味。

「老實說，我喜歡的是喜歡我的人。」

「既然這樣，就更沒必要煩惱了啊……」

「可是啊——」

「你會怕吧？」

我一說出這句話，磯部正要把烤雞串送到嘴邊的手便停下動作。

「在我看來，你像是害怕才找各種藉口逃避。」

「原來是這樣～～……啊～～……也許真是如此。」

和過去當成同事對待的人之間的距離會因為自己的回答而驟變。不難理解害怕的心情。

「哎，反正最後不是由我決定，盡量煩惱吧。」

「你在講風涼話喔。」

「實際上與我無關啊。」

我說完，開始品嚐烤雞串。濃烈的鹽味在口中漾開。

對別人要怎麼說都沒問題……但是一扯上自己就會變得盲目。這也許是生而為人無可避免的本性吧？

——我如此試著為自己辯護。

「話說回來，佐千原小姐為什麼會喜歡上你啊？」

「這我才最想知道。」

「問她不就好了？」

「就是開不了口，我才會在這裡嘛……」

磯部用怨恨的眼神盯著我，將烤雞串一口氣塞進嘴裡。

「因此，我約了佐千原小姐明天去喝酒。」

「什麼意思！」

隔天，磯部在午休時間的餐廳裡尖叫。

四周的視線頓時朝磯部集中。

「啊，不好意思。」

磯部對周圍微微低頭致歉後，惡狠狠地瞪向我。

「給我解釋清楚！」

「你剛才去上廁所的時候，我剛好遇見佐千原小姐。還記得嗎？上次歡送會結束回家時，你不是說過『下次三個人一起去喝一杯』？」

「我是說過沒錯啦……駒村……你不是那種會主動約女性去吃飯的個性吧？你到底是怎麼了？」

「因為如果不這麼做，你就會一直鑽牛角尖，煩惱個沒完吧？」

我這麼一說，磯部便輕聲低吟：「唔——」

看來戳中他的痛處了。

「要是拖太久，在公司也會越來越尷尬吧？而且也許你自己沒有注意到，你在工作中嘆息的頻率也提高了喔。」

「咦？真的假的？」

「真的。還有，你的工作效率下降，我也會傷腦筋。基本上我只想早點回家。」

「是為了你自己喔……哎，很有你的風格就是了。」

雖然的確是為了我自己，不過好奇心也是原因之一。

對本人不會說出口就是了。

除此之外，想助佐千原小姐一臂之力——也有這樣的想法。這方面也許完全是多管閒事吧。

正在等候告白的回答——這樣的狀況與友梨相同。

我承認，我在佐千原小姐身上看到了友梨的身影，雖然我也知道兩人的行動之間並沒有因果關係。

「就這樣，明天傍晚，車站北側的餐廳。」

「唔～～……我真的非去不可？」

「我是沒辦法逼你去啦，但是光聽你昨天說的，這種狀況繼續拖延下去也不會得到結論吧。」

「你實在太懂我了，我好難過……」

因為磯部這傢伙就很單純啊。

「順便問一下，佐千原小姐看起來怎樣……？」

「態度很平常啊。看她那樣，業務部門的其他人也沒發現吧。」

至少表面上看不出來。

她心中想必有各種想法在打轉，不過我覺得她在隱藏這方面心情的能力相當高明。

「是喔……」

「所以你不要這樣鑽牛角尖。像你平常那樣用直覺去決定也無妨吧？」

「咦？什麼意思？我之前都像那樣不經大腦嗎？」

「我反倒覺得你一直以來都只憑直覺活著啊……你之前只是在電車上看到女性，就說什麼『我什麼也沒做就被甩了』。」

「啊～～……確實有過這種事。那時候的我還太年輕了。」

「才兩個月前吧……」

哎，我也知道他那樣說有一半是在開玩笑。

「不過，要是處不來再分手，用這種心情交往說不定也可以吧……」

磯部這句話輕易地滲入我的心底。

處不來再分手——

畢竟只有共處一段時間才能真正理解對方吧。

不過，這道理也不限於戀愛就是了……

「總之就是明天傍晚，要空出時間喔。」

「說歸說，我本來就沒有其他計畫啊。」

體現了單身男性悲哀的嘀咕就這麼隱沒在員工餐廳的喧鬧聲中。

於是，隔天傍晚。

我們為了避免加班，從上午就拚了命工作，好不容易能夠準時下班。

和磯部一起搭電梯來到入口大廳時，佐千原小姐已經在那裡等了。

佐千原小姐原本還在滑手機，一注意到我們的身影，立刻就露出燦爛的笑容。

「辛苦了。」

「辛……辛苦了……」

佐千原小姐一如往常精神飽滿，兩相對照之下，磯部顯得舉止不太對勁。

嗯～看來症狀不輕啊。

「那我們快點出發吧。」

「好的！」

佐千原小姐爽朗地回答後邁開步伐。不知為何磯部利用我的身體，呈現擋住自己半邊身體的狀態。

「不要這樣啦，你是高中女生喔？」

「就算你這樣講，還是會害臊啊……」

現在到底是誰被告白啊……

今天選的聚餐地點是以海鮮類為主的酒館。

我們被帶到店內裡側的餐桌座位。磯部一如往常坐在我旁邊，佐千原小姐則坐在我們對面的位子。

店員很快就來到桌邊，我們點了飲料後，佐千原小姐對我微微低下頭。

「那個，駒村先生，今天非常感謝你邀我一起來。」

「不會，別客氣，我還在擔心會不會給妳造成麻煩。」

「沒這回事。我反倒覺得上次的約定這麼快就實現，很讓人開心。」

在這之後，沉默造訪。

磯部的視線在店內四處遊走，同時無謂地不斷捲起已經用過的溼毛巾。

「呃，那個……駒村先生應該……已經知道我們之間的事……了吧？」

剛才開朗的態度頓時不知去向。

佐千原小姐抬起眼，有些尷尬地問道。

我默默地點頭。

「我想也是……」

「啊………抱歉……」

磯部歉疚地道歉後，佐千原小姐連忙擺擺手。

「不、不會啦！沒關係。其實告訴駒村先生也完全不要緊——！」

這說法到底是什麼意思……

至少算得上是受到信任吧。

「我才該道歉，抱歉讓磯部先生這麼煩惱……」

見到佐千原小姐消沉地垂下頭，與此事無關的我也有點心痛。

坐在身旁的磯部愣住了，我不由得用手肘頂了他的側腹。我沒什麼特別的用意就是了。

就在這時，店員端來了飲料。

三杯生啤酒擺在桌上。

沒有乾杯前的開場白，我們只是舉杯互相輕觸當作乾杯，先喝了一口。

啤酒雖然好喝，但是置身於這種狀況，沒有多餘心力細細品味。

「坦白說，我之前有點嫉妒駒村先生。」

「…………咦？」

聽見太出乎意料的字眼，讓我不由得發出怪聲。

「嫉妒——妳是說對我？」

「是的。因為你平常總是很開心地與磯部先生聊天嘛。」

「很開心……？」

我不由得和磯部面面相覷。

「駒村，你和我聊天覺得很開心嗎？」

「沒有，我從來沒這樣想過，只是單純交談而已。」

「雖然嘴上這樣講，其實來上班都很期待能和我說話？」

「怎麼可能啊！少說這種噁心的話。」

「就是這樣！我羨慕的就是這樣的交流，真是的～」

佐千原小姐倏地指向我們。

我覺得自己只是單純與他對話而已，她的意見完全出乎意料。

「像這樣彼此輕鬆交談的感覺，讓我很羨慕……」

『遠在「那兩人」之前——』

不知為何，這時我腦海中浮現了友梨的臉龐。

也許友梨也和她懷抱著同樣的心情吧？

對與我同住的奏音與陽葵懷抱同樣的想法——

「我單純出自好奇才這樣問喔……妳到底喜歡這傢伙哪一點？」

「呀啊！」

佐千原小姐嘴裡冒出怪聲，臉頰也頓時變得通紅。

看到公司同事這樣的一面，感覺滿新鮮的。

「喂，駒村！」

磯部不知為何慌了手腳，但我不理會。

哎呀，畢竟這就是最讓人好奇的部分嘛。

「是、是因為……」

佐千原小姐忸忸怩怩地玩著手指，繼續說：

「我剛進公司的時候，有很多收據的填寫問題……某天我把收據送去會計部時，被副處長罵了一頓。在那之後為我打氣的就是磯部先生……雖然磯部先生可能已經不記得了。」

磯部眉頭深鎖，陷入沉思。

看這反應，應該真的不記得吧……

其他部門的同事確實常在填寫收據時出現缺漏，對我們來說也不是多稀奇的事就是了。

「我要離開會計部的時候，磯部先生從抽屜裡拿出美味棒給我。」

「有、有這回事喔？」

「是的。其實那時候我因為挨罵，心情很低沉……所以我受到很大的鼓勵，還有，覺得磯部先生滿有趣的。」

「…………為什麼？」

「因為辦公桌的抽屜裡面放了一大堆美味棒啊。」

「呵————」

「不准笑，駒村。」

這回輪到我被他用手肘頂了一下。

這先撇開不談，我真不曉得磯部和佐千原小姐之間有過這些往事。

「從那天之後，我就一直注意磯部先生……然後一起吃午餐幾次之後，我漸漸覺得磯部先生果然是個很有趣的人，想和磯部先生多聊聊……」

佐千原小姐清楚地說到這裡，像要掩飾泛紅的臉頰般喝了一口啤酒。

之前在午休時間共進午餐時，她很少選擇磯部旁邊的位子，單純只是因為「害羞」吧——這下我終於理解了。

關於這件事，我希望她能擺出更清楚明瞭的態度。

欠缺經驗的我差點會錯意，一度以為：「她也許對我——？」這我自己也有錯就是了。

在這之後，我們先把磯部和佐千原的關係拋到一旁，開始針對我們公司吐苦水。

「我們公司能不能把入口改到反方向啊～～」

「真的～～從車站過來要繞一圈才能進公司。」

大概是因為喝了酒，剛到店裡時的尷尬氣氛已經消失無蹤。

差不多是時候了吧——

品嚐了生魚片拼盤和炸魷魚之後，我緩緩站起身。

「喔，要上廁所？」

「沒有啊。我差不多該走人了。」

「咦！這麼快？」

磯部看我的眼神立刻轉為哀求。

但是我故意放生他。

因為我覺得這個氣氛應該沒問題。

「我得早點回家，因為『她』在家裡等我。」

「啥——！我就知道你有女朋友！」

我故意不多說什麼，只是一笑置之。

唯獨現在這一刻，不知為何我不打算否認。

「就這樣，不用找錢。」

我把錢交給磯部，頭也不回地走出酒館。

雖然只喝了一杯，心頭有種輕飄飄的感覺。

隔天，磯部害臊地跟我報告：「決定要交往了。」

目前這樣就好了。這是我真正的心情。

這種時候該怎麼說才是正確回答？

可以說「恭喜」嗎？

還是該說「加油」？不，這好像有點高高在上。

過去從來沒有親近的友人跟我說這種消息，一時之間我不知該怎麼回答。

我只是使勁拍了磯部的背代替祝福的話語。

「喂，太用力了吧！很痛耶！」

大概是動作當中灌注了太多心意，稍微被他罵了。

第8話 機會與女高中生

※　※　※

「好，完成了。」

陽葵面對這次完成的畫作，自言自語。

這次畫的是某部漫畫的角色。

那個女角色穿著重重荷葉邊裝飾的服裝。畫荷葉邊很費力，但也特別有成就感。

陽葵一如往常前往社群網站投稿畫作，登入自己的帳號。

「奇怪？」

首先映入眼簾的是收到個人訊息的通知。

看到鮮少收到的通知，陽葵有些畏縮地點開圖示。

「——咦？」

讀完訊息內容，陽葵在電腦前方愣住了。

之後又過了數秒——

她慌張地左顧右盼，揉了揉眼睛，再度看向電腦螢幕。
顯示在畫面上的文章依舊沒變。
「騙人………咦……要怎麼辦……」
陽葵的心臟頓時開始激烈跳動。

※ ※ ※

吃過晚餐，我在客廳看電視，悠哉地打發時間。
奏音則一面看連續劇一面寫作業。
我覺得一面看電視一面念書應該不太有效果就是了。
話雖如此，事到如今也很難要求她「把電視關掉」。
「對了，陽葵還沒洗澡吧？」
聽奏音這麼說，我才注意到。今天陽葵是排在最後洗澡，但她的確還沒洗。
陽葵現在應該正在畫畫。
當我房間的門關上，就代表陽葵正在畫畫，不可以進去。這樣的不成文規定不知何時成立了。

突然走進房間大概會嚇到她，只在房門外喚她就好了。

「陽葵，差不多該洗澡——」

「該、該怎麼辦！」

「唔喔！」

陽葵突然用力開門，讓我不由得驚呼。

「啊！對、對不起，駒村先生。可、可是，那個——」

「陽葵，發生什麼事了嗎？」

這反應顯然非同小可。

短短一瞬間，我和奏音互看一眼。

「那、那個，我收到信！這、這太誇張了！」

「信很誇張？」

是什麼意思？

難道是收到大量的垃圾郵件嗎？

「那個，我想上傳畫的時候，收到了聯絡。可是我，這種——」

陽葵滿臉通紅，興奮地想傳達些什麼。

她徒然胡亂揮動手臂，看起來像企鵝，讓我不禁覺得有點可愛。

「總之先鎮定下來。來，深呼吸。」

「唔————？」

陽葵照我所說，深深吸氣之後吐出。

……還真聽話。

大概重複了三次之後，我再度問她：

「所以，妳接到什麼聯絡？」

參賽結果應該還沒確定……

「該不會是妳的家人——？」

負面的想像掠過腦海，陽葵使勁搖頭。

「那個，其實是出版社的人找我……」

「「出版社！」」

我和奏音同時驚叫。

陽葵在送出畫稿參賽之後，似乎在網路上放了她出於興趣而畫的短篇漫畫。

因為她每次上傳作品後就會立刻著手畫下一個作品，好一段時間沒有特別注意投稿後的狀況。

今天她為了上傳新的畫作而登入時，發現那篇漫畫有著她過去從未體驗過的點閱數和評價。

這也許成了契機，陽葵過去投稿的插畫和漫畫也都增加了許多評價——

投稿網站的訊息交換功能收到了自稱出版社編輯的聯絡。她為此驚慌失措，急著想告訴我們——過程就是這樣。

我和奏音聽陽葵如此說明後，好一段時間忘了「好厲害」之外的詞彙。

因為那是和自己毫無牽扯的世界，只會湧現「雖然搞不太懂，但好了不起」的感想。

在我的認知中，出版社的人活在和我不同的兩個世界，甚至有種神聖的感覺。

「所以，陽葵妳有什麼打算？該不會要出書？」

「那個，這部分還不太清楚……其實我還在煩惱該怎麼回覆……」

「咦～～是喔？」

「是的……我畫漫畫真的只是出自興趣，或者說有樣學樣才能畫出短篇作品的水準……插畫和漫畫所需的技術完全不同，在漫畫這方面我什麼都還得學……」

「哦～～這樣啊……那個，如果妳願意，可以給我看妳投稿的漫畫嗎？」

「咦？」

「妳不願意的話，我也不會勉強妳就是了。」

「呃……好吧。」

陽葵忸忸怩怩地走向電腦前方。

她瞥了我一眼，眼神顯得有些尷尬。這難道是我的錯覺？

之後陽葵小聲呢喃：「就是這個……」

顯示在畫面上的作品就如陽葵所說，是一篇短篇漫畫。捲軸派不上多大用場，沒兩下就讀完了。

那是一篇哀傷的漫畫。

唯獨青年消失那一幕是彩色的，令人印象特別深刻。

同時我也明白了剛才陽葵對我投出尷尬視線的理由。

這個故事的原型應該就是人魚公主吧……

陽葵在園遊會時對我說出的那句話，以及表情。

兩者瞬間就在我心中對照。

所以陽葵在那時候——

在她身旁，奏音愣愣地呢喃：「呃，不會吧……？真的假的……？」

這漫畫打動了奏音的心嗎？

不過看她的反應，似乎是其他情緒比感動更強烈——在我這麼想的瞬間，奏音猛然抓住了陽葵的肩膀。

「這是我朋友之前在社群網站上轉傳的漫畫！這是妳畫的嗎！咦？真的很厲害耶！」

「妳朋友有轉傳嗎？」

「對啊！之前爆紅一陣子喔！」

不同於神色興奮的奏音，陽葵只是不停眨眼。

她似乎完全不曉得自己的漫畫成為那麼熱烈的話題。

「陽葵妳果然很厲害耶，這樣還不出道就太可惜了。」

「哎，冷靜點，奏音。即使如此，陽葵還在煩惱吧？」

我把奏音從陽葵身旁拉開，同時這麼問道。

陽葵的眉梢往下垂，點了點頭。

「是的……對方提議包含這篇漫畫還有過去投稿的短篇漫畫，再額外畫幾篇新的故事，這樣合起來出一本單行本。這個提議讓我很感謝，但我沒自信能再畫出讓人滿意的故事……況且這次的漫畫也只是擷取故事的菁華片段，還有我剛才說的技術方面還很稚嫩……」

陽葵低聲呢喃，陷入苦思。

「駒村先生……我該怎麼辦……？」

「這終究不是該由我決定的事啊。」

「唔唔……的確是這樣……」

「儘管慢慢煩惱～～雖然我也想這樣說，不過是不是有回覆期限？」

「其實信是三天前寄來的，可是我登入帳號注意到是在今天——所以我想應該不能再等太久……」

「已經過三天了啊。不管要接受或拒絕，早點回覆會比較好吧。」

「果然這樣比較好啊……」

「總之先去洗澡吧？也許會比較容易理出頭緒喔。」

我差點忘了，原本是要叫陽葵去洗澡。

聽奏音這麼一說，陽葵說著：「就這樣吧……」拿了換穿衣物走向浴室。

我和奏音目送她的背影離去，彼此對看一眼。

「沒想到陽葵會這麼煩惱。」

機會這種東西總會在本人未曾預料到的時間點降臨啊。

希望陽葵能得出她自己可以接受的結論——

「駒村先生，小奏，我決定了。」

陽葵一走出浴室便對我們堅定地說道。

「咦，好快！」

奏音替我表明了同樣的想法。

是說，妳也太快得出結論了！

沒想到在這段泡在浴缸中的時間就做好決定了……

看她剛才煩惱的模樣，我原本以為至少會苦惱一整天。

陽葵有些尷尬地搔了搔臉頰。

「其實根本連煩惱都不需要。」

「不用煩惱？」

「是的。我還未成年，就算我想出單行本也需要父母的許可，因為會扯上金錢問題……

所以在當下這個狀況，我根本沒辦法答應……」

「這樣啊……的確沒辦法……」

「是的……所以我會寫信回絕。」

頭髮溼答答的陽葵走向我的房間。

她邊走邊呢喃：

「其實之前參賽也一樣，規則寫著未成年人要先得到父母的許可再投稿……」

「咦——？」

「不過我重新下定決心了。我回家後無論如何都會說服爸媽，絕對不會放棄。」

陽葵如此宣告自己的決心，眼神洋溢著堅定意志。

朝著夢想筆直前進，遇見機會迎面而來，這樣的陽葵在我眼中非常耀眼。

甚至讓我不禁想挪開視線。

第9話　平凡無奇的一天與女高中生

星期六上午，所有人一起做家事。

奏音為早餐收拾善後，我和陽葵則打掃房間。

陽葵洗好衣服之後，現在正用吸塵器清理。

當初為了避免鄰居發現陽葵的存在，定下了「只有週末可以開吸塵器」的規則，我們至今依舊遵守著。

我負責清理洗手台周遭。

拿不用的牙刷把洗手台刷乾淨後，我從鏡中看到陽葵站在後頭。她對我說：

「駒村先生，請問這個可以扔掉嗎？」

陽葵拿給我看的是買寶特瓶裝飲料附贈的磁鐵。

那是上班日去便利商店買午餐時拿到的贈品，我好像一直扔在客廳。

「啊～～……應該用不到吧。」

「好，那我就收拾掉嘍。」

這種小東西總是會忍不住留起來，但是到頭來在生活中鮮少派上用場。

家裡能用到磁鐵的地方頂多就冰箱而已，也沒什麼東西要貼。

況且我本來就不喜歡在冰箱門上貼一大堆字條，看上去混亂無序，缺乏美感。

——我之前對奏音提過這件事，她則說：「這種地方很有和哥的風格。」

當時我沒放在心上，但現在仔細一想有點莫名其妙。到底什麼地方有我的風格了？

我這麼想著，先用濕抹布擦過鏡子，再用乾抹布擦過一次。

看見鏡子變得潔淨閃亮，真讓人神清氣爽。打掃雖然麻煩，但環境變乾淨的瞬間還是很有成就感。

洗手台周遭這樣就差不多了吧？

開始一個人生活之後感受最深刻的就是家裡各處其實很快就會變髒。

像剛才清理乾淨的洗手台就是特別顯著的地方。我從來不知道灰塵和水垢竟然這麼容易累積。

住在老家時從來沒注意到，原來那是我媽勤於打掃才能保持清潔……

我懷著感謝之情回到客廳。奏音和陽葵都已經做完各自的家事，坐在沙發上。

「啊～～好閒喔～～要做什麼啊……」

奏音伸直雙腿，懶散地背靠著沙發，如此嘀咕。

陽葵也和奏音一樣伸直了腿。

這樣一看，確實是陽葵的腿比較長。

「沒有作業嗎？」

「沒有耶。」

「那要出去外面玩嗎？」

「嗯～～今天就算了。天氣又很熱……」

這時奏音的視線一瞬間飄向陽葵。

和陽葵老家有關係的人似乎在外頭尋找陽葵。這件事已經告訴奏音，奏音大概也考慮到了這一點。

不再像之前那樣兩個人一起出去玩。

「好。那我去幫妳們買冰淇淋回來吧。」

「咦？冰淇淋！」

奏音倏地挺起上半身。

對食物的反應速度快得誇張。

「是啊。其他還有什麼想要的嗎？」

「這個嘛，任何零食都可以，要買很多喔。」

「……不行。」

「咦咦～～」

奏音嘟起嘴表達不滿，但我當然不能聽從她的要求。要是答應她說的「買很多」，我的荷包可會大失血。

「陽葵呢？」

「我嗎？只要是當季限定的零食就好。」

「原來如此……有看到會順便買。奏音什麼都可以吧？」

「什麼都可以～～」

奏音撇開臉如此說道，似乎有點鬧脾氣。

哎，為了讓她氣消，就選她應該會喜歡的口味吧。

「就這樣啦，我去去就回來。」

我在玄關穿鞋的時候，注意到芳香劑所剩不多。

已經只剩這一點點了啊。

對了，自從第一天被奏音說「玄關有味道」後就沒再聽她多說什麼。

看來確實有效果吧。

在大熱天往來便利商店，好不容易達成目的。
要是動作慢吞吞，冰淇淋會融化，所以我盡可能加快腳步回家，不過也因此汗如雨下。
打開玄關大門時，我注意到異狀。
沒看到奏音和陽葵的身影。
但是從浴室傳來淋浴的聲音。
該不會在這種時間洗澡吧？
但是盥洗室的門敞開著。
我先把冰淇淋擺進冷凍庫，戰戰兢兢地靠近盥洗室。
我沒看向裡頭，從外面喚道：
「買回來了喔。」
「啊，和哥你回來啦。」
奏音的說話聲沒有回音，清晰地傳進耳中。
這情況十之八九浴室的門也開著吧……
像在證實我的想法，淋浴的水聲清楚傳來。
「歡迎回來。我現在正和小奏一起沖涼水澡。」
「沖涼水澡……」

又不是野生的鳥……

不過，我也覺得那應該會很舒服。

「和哥也要一起來嗎？」

「呃，這當然不行——」

「啊哈哈，沒問題啦。我們都穿著衣服喔。」

「咦咦——！」

我訝異得不禁探頭看向浴室內。

就如奏音所說，穿著衣服的兩人站在浴室裡面。

奏音正拿著蓮蓬頭沖陽葵的背。

「駒村先生不試試看嗎？很舒服喔～～」

「不、不了。我就免了。」

我連忙遠離盥洗室。

話說，兩人都專心享受沖涼而沒注意到，實在太恐怖了。

T恤緊貼在肌膚上。

濡濕而變半透明的布料底下，一切都清楚映入眼中——

為了抹去殘留在腦海中的光景，我打開了剛買回來的運動飲料瓶蓋。

喉嚨乾渴與驚慌兩種感受讓我一口氣喝了半瓶以上。

這種突襲對心臟很不好，拜託別這樣……

兩人盡情沖涼之後換過衣服，開始品嚐我買回來的冰淇淋，吃完就倒頭睡午覺。

我在這段時間也簡單淋浴沖去身上的汗水。

白天用溫度降到最低的溫水沖澡的確滿舒服的。

大概是因為體溫略微下降，不禁萌生些許睡意。

「睡個午覺好了……」

我走過睡得正香甜的兩人身旁，也躺到自己的床上。

睜開眼睛。

為什麼自己現在會躺在床上——我一瞬間無法理解而感到混亂，但立刻就回想起我睡了一頓午覺。

嗯？感覺房裡亮度降低不少……

不對，等等，現在幾點？

我猛然撐起身子，立刻看向時鐘。

「四點二十分……不會吧？」

看來我睡得比想像中久。

這種「午覺睡醒發現已過下午四點，虛度光陰的感覺」是怎麼回事？一天明明就還沒結束，卻有種浪費了一整天的感覺……

對了，奏音和陽葵呢——？

兩人是不是想讓我休息，故意不叫醒我？

我這麼想著走到客廳，發現依舊躺在墊被上睡得香甜的兩人。

我不由得輕聲乾笑。

沒想到我們三個人連午餐都沒吃，就這麼倒頭大睡。

「喂，妳們兩個都醒醒啊。」

我輕搖她們的肩膀後，兩人揉著眼睛緩緩起身。

「呼～～……睡得好飽。」

「不對，是睡過頭了。自己看看時鐘。」

「咦？已經這麼晚了喔！」

陽葵看了時鐘，驚聲說道；奏音則是驚嚇得呢喃：「咦咦咦……」

「現在再吃午餐也太遲了。」

「啊，那就吃點心吧，點心。和哥剛才買了什麼？」

「檸檬鹽味洋芋片，還有梅子口味洋芋餅乾、奶油玉米口味薯條。」

「統統都是馬鈴薯嘛。」

「……妳不說我還沒發現。」

太注意陽葵要求的「當季限定」，所以完全沒發現……

「不過每一種好像都很好吃。我要梅子口味的。」

「那我也選同樣的吧。」

於是我們進入稍晚的點心時間。

「這麼說來，暑假就快到了耶。」

奏音喀滋喀滋地嚼著零食，如此說道。

「坦白說，我不曉得暑假要怎麼開心度過耶。」

「啊，我也是。雖然我喜歡畫畫，不過那是升上國中後的事。國小時一直在練劍道，從來沒有去哪裡玩……」

「這樣啊……」

沒有體驗過開心的暑假嗎——

一想到兩人的處境，就有種難以容忍的心情。

「假如要出去玩——妳們想去哪裡？」

「這個嘛，我想花一個星期去北海道旅遊，吃遍美食！」

「啊，我比較想去沖繩。在透明的淺海浮潛之後，在海邊的飯店度過優雅的美好時光……也想品嚐道地的沖繩阿古豬……」

「啊，豬肉好像也很美味。嗯～～真難選……」

「…………」

我原本想設法幫兩人實現夢想，但是她們一開口提出要求就是高難度。

這——我實在辦不到。

假期可以靠請特休解決，問題主要在於金錢。

機票加上住宿費和餐費，此外進遊樂設施也要門票吧……這樣的消費要三人份…………

我算了一下，得到一個結論。

嗯，怎麼想都不行。

要從專門用來儲蓄的帳戶領錢也不是不行，但是儲蓄會減少許多。那個帳戶的錢我想盡量用在應急時。雖然對兩人不好意思，要把錢豪爽地花在玩樂上，我實在無法心安。

「雖然剛才是我先問的，不過北海道和沖繩都有點困難……」

「咦？你該不會當真了吧？」

「我們當然知道不可能真的去。不過像這樣想像去哪裡玩或想做的事就很開心啊。」

聽她們這麼說，又有種不甘心的感覺……

之後無止境地持續著兩人明知不會實現的漫談，最後還冒出了夏威夷和關島。

打掃後吃冰淇淋，然後睡午覺和閒聊——

雖然是這樣單純的一天，心裡卻莫名充實，也許是因為午覺睡很飽吧。

這種假日偶爾來一次也不錯啊。

不過，晚上理所當然地遲遲無法入睡就是了。

第10話 準備與女高中生

吃完晚餐後，我們三人在客廳休息。

「今天很熱耶～～……」

陽葵坐在沙發上，懶散地仰望天花板。

進入七月後已經過了一段時間，氣溫自然也越來越高了。

入夜後氣溫雖然稍微下降，也許是今天白天下過雨的影響，感覺特別潮濕而悶熱。

不久前才宣布梅雨季結束，但不時還是會突然降下豪雨，因此每天都不能忘記帶傘。

「真的耶。雖然喊熱也不會感覺變涼～～但熱就是熱啊。」

「呃，可以開冷氣啊。」

我舉起遙控器一按，立刻開啟冷氣電源。

「熱的時候不用硬撐，開冷氣啊。」

「可是電費——」

果然奏音在意的還是錢的問題吧。

「比起因為中暑而昏倒要好多了。」

「說的也是……」

特別是陽葵，也沒有健保卡。

這時，電視播放著煙火大會的廣告。

每年都會在離我家有段距離的河邊舉辦煙火大會。因為我討厭人多的地方，成年之後就不曾參加。

舉辦的日子訂在約一個月後。

「…………」

包含我在內，三人凝視著廣告而陷入沉默。

正確來說，是那個日期。

那場煙火大會舉辦的時候，陽葵已經不在這個家了──

這強迫我們正視這段生活的結束，一抹寂寥掠過胸口。

「煙火啊……」

如此呢喃的瞬間，我想起奏音與陽葵之前聊過暑假想去的地方。

雖然沒辦法帶她們去旅行一個星期，但是──

「……那就來試試看吧。」

「咦？」

奏音和陽葵同時轉頭看向我。

「要放煙火嗎？不錯啊，來玩嘛！」

奏音超乎想像地積極。不過我繼續說：

「既然要去，別在附近的河邊，去其他地方吧。」

「其他地方？」

聽陽葵這麼問，我不由得回以意味深長的笑容。

我也覺得自己很孩子氣，不過萬分期待的感覺突然湧現，這反應也是人之常情。

「是啊。我們去露營，去創造暑假的回憶。」

奏音和陽葵聽了我的提議，短短一瞬間對看一眼，最後興奮地歡呼。

雖然是我自己主動提議，其實我從來沒有露營過。

不，其實算是有經驗，不過那是國小的戶外教學，記憶也很模糊了。

所以成年後我一次也不曾主動參加露營之類的活動。

光是要備齊相關道具應該就很麻煩……我原本這樣想，但是在我查場地資料時，發現有些露營場地設有可租借的小木屋。所以我們決定過夜的地方並非帳篷，而是在小木屋。

兩位高中女生好像也想降低在夜裡碰到蟲子的機率。此外，考慮到小木屋的淋浴和廁所等設備一應俱全，這個選擇應該比較好。

對我來說，確實對在帳篷的睡袋裡過夜懷著些許憧憬。

不過仔細一想，在狹小的帳篷裡和兩名女高中生共度一夜，看在旁人眼中肯定很不妙。

何況不管怎麼想都會得到——我會睡不著這個答案，所以覺得這樣就好。

總之就去玩個兩天一夜，小木屋也預約好了。

收到「預約成功」這句簡單的回覆，讓我得到小小的成就感，盯著那畫面好一會兒。

隔天，為了購買在河邊玩所需的泳裝，我們前往上次那間購物中心。

我覺得這個地方已經成了和兩人出門時熟悉的場所。數個月前的我實在無法想像。

這次我事先給了兩人泳裝的費用。

因為我覺得近距離看女高中生挑選泳裝未免太奇怪了。

「買好之後聯絡我，我在附近隨便逛逛。」

「真的不用一起來嗎？這可是個好機會可以看陽葵試穿泳裝耶。」

「呃！妳在說什麼啦，小奏！」

陽葵滿臉通紅地一把抱住奏音的手臂。奏音愉快地嘴角上揚，完全就是在捉弄人。

「小奏才是吧，這可是讓駒村先生看妳穿泳裝的機會喔！其實妳很想穿給他看吧？」

「啥啊！我、我才沒有那樣想！」

「真的嗎～～？小奏的身體洋溢著健康的美感，凹凸有致而且軟綿綿喔。」

「收起那種眼神好不好？」

陽葵露出怨恨的白眼，奏音則如此吐槽。而我不知該作何反應，只能搔著後頸。

雖然我也漸漸習慣兩人之間這種吵嘴了，但不代表我不會感到害臊。

「好了好了，該停了。我差不多也要走了。」

「駒村先生不買泳褲嗎？」

「我會買，但是應該馬上就能搞定。和妳們兩個不一樣，沒什麼好煩惱的。」

「這樣啊。」

不管是哪裡的泳裝賣場，和女性泳裝的惹眼程度相比，男用泳褲確實樸素許多。

哎，布料面積本來就小嘛，顏色種類也比女性泳裝少。

「那我們去買了喔。」

「嗯，快去吧。」

「駒村先生，等會見！」

兩人揮著手走遠了。

我朝兩人的反方向邁開步伐——

從結論來說，如我所料，兩人的購物時間真的很久。

我買好泳褲後坐在通道上的長椅，喝著罐裝咖啡。

走過眼前的全家出遊和年輕人集團，大家都開心地笑著。不過我也有同伴，對他們不會心生嫉妒，心平氣和地目送他們走過。

就在這時，成群的年輕女性手提的某樣物品吸引了我的視線。

那是印著電影院名稱標誌的袋子。大概是看完電影之後買了周邊商品吧。

電影啊……

不由得回想起和陽葵一起看電影那次。

當時的陽葵看起來真的很開心。

原來讓別人因為「第一次的體驗」而開心，自己也會跟著開心起來啊。

『就好像真正的約會……』

「…………」

當時陽葵的臉與表情突然浮現腦海。

不知為何臉開始發燙。

我也知道附近根本沒有人會注意我，但還是不由得左顧右盼，掃視四周。

不行，最近無法維持鎮定。

面對兩人對我抱持的感情時，我應該要冷靜。

會讓我失去鎮定的契機……想必就是友梨的告白吧……

「唉～～………」

我坐在長椅上仰望上方。

這裡的天花板還真高啊。我想著這種理所當然的事，等待時間過去。

接到奏音的聯絡並與兩人會合是三十分鐘之後的事。

也許再多四處晃晃也不錯，但是四周人多就很累人啊……一想到這裡我就失去了動力，最後只是發呆度過這段時間。

附近就有和我感覺很類似的中年男性，讓我湧現些許親近感。

我似乎明白了世上「被迫陪同購物的爸爸」的心情。

我沒看到兩人買了何種款式的泳裝。

奏音把找零和收據一起交給我的時候，對我說「等到當天再揭曉」。

其實我一點也沒有迫不及待的心情，但有點好奇畢竟是事實。我沒有特別期待就是了。

真正的重點是，大概是因為已經進入夏季，泳裝正在特價，花費便宜許多真是太好了。

我過去對女用泳裝只抱持很貴的印象，看到收據上的金額讓我有種正面意義的訝異。

「好期待喔～～」

「嗯！」

回程兩人心情都很好。

我沒想太多就提議要去露營，不過看她們這麼期待，我也不由得開心起來。

所以我誠心祈禱，希望這次的計畫不要因為天氣而功虧一簣。

「對了，奏音，去露營之前盡量寫好暑假作業喔。」

奏音的學校一開始放暑假，我便對奏音這麼說。

「呃！」

奏音和陽葵一起在吃香草冰棒，馬上就露出露骨的厭惡表情。

「唔唔……真的不能不寫……？」

「這不是廢話嗎……早點寫完會比較輕鬆，也比較清閒喔。」

況且奏音已經高二了，視將來的出路而定，也該開始好好用功念書了吧——

一想到這裡，我發現自己從未過問有關奏音將來出路的事。

話雖如此，我可以涉入這麼多嗎？

學校應該已經做過未來出路的調查。奏音什麼也沒對我提過，大概是因為她也有她自己的想法吧——

『畢業之後我還是能幫和哥做飯喔……』

突然間，奏音當時的身影浮現腦海，我慌慌張張抹去那殘影。

自從奏音教我做奶油義大利麵之後，總是莫名牽動我的思緒……

「不行啦……我就是完全不會照計畫做事，每年暑假作業都是死到臨頭才在趕……」

「不要現在就吐苦水。今年我和陽葵會好好監視妳。」

「加油喔，小奏。」

「嗚啊啊……」

奏音呻吟著，癱軟地趴向桌面。

有這麼討厭嗎？

雖然確實不讓人開心就是了……

「陽葵是提早做完暑假作業那一型？」

「我……都會盡可能早點寫完。因為這樣就能保留更多時間畫畫。」

「這樣啊～～……」

「今年會怎樣我也不曉得就是了。」

陽葵帶點自嘲地笑了笑，我和奏音無從回應。

陽葵的高中是如何處理她的事呢？

一個更根本的疑問浮現心頭：陽葵有打算從高中畢業嗎？

我覺得至少該拿到高中畢業證書，藉此拓展日後人生的可能性。

不過，讓她在這裡住下來的我恐怕沒有資格想這種事。

※　※　※

在變暗的房間。

陽葵躺在被窩裡，卻遲遲無法入睡。

她忘記的事——不，她刻意不去想的事，因白天與奏音的對話而重回意識之中。

「學校…………」

她只在口中低語。

父母是怎麼跟學校解釋的呢？

最有可能的處置就是休學吧？陽葵覺得如果被學校退學，那也無可奈何。

反正沒有特別親近的朋友，也沒有參加社團活動，對學校沒有多少留戀。

重複往返於學校與家裡的生活，對陽葵來說沒有太大的意義。

話雖如此，她也明白社會的要求是「好歹也該高中畢業」。然而只要去思考這件事，就覺得胸口受到壓迫般難以呼吸。

陽葵從小就一直練習劍道，當時從未對此感到疑問。

在放學後或假日，她不被允許和同學一起玩。自從誕生在那個家，她一直覺得那是理所當然。

第一次產生疑問，是在升上國中之後。

自己是不是等於被看不見的監牢所禁錮？

父母在某天突然買電腦給她，也許是因為在這方面他們也有自覺。

不過透過那台電腦，陽葵心中萌生了遠大的夢想。

夢想——不，現在該說是目標。

不只是「想成為」，而是「一定要成為」。

陽葵注意到現在心中這股意志不該被區分為夢想這種朦朧又曖昧的類別。

目標——

那同時也是她過去練習劍道時一直占據心頭的事物。

『————』

剎那間，女性的臉龐浮現在陽葵的腦海，呼喚陽葵的「名字」。

不久前只見到一瞬間，十之八九是為了尋找陽葵而來的女性。

陽葵從沒想過她竟然會來到這種地方，那也代表了她有多麼擔憂吧。

「……什麼也沒說就跑出來，對不起，美實姊……」

淚水在陽葵的臉頰留下一道淚痕。

※　※　※

第11話 河川與女高中生

天氣是大晴天。氣象預報也說一週內都不會下雨。

看來原本擔心的天氣沒問題了，讓我暫且鬆了口氣。

我們三人比平常更早起床，吃過早餐後馬上就準備出門。

「妳們兩個有沒有東西忘了帶？」

「別擔心，昨晚檢查好幾次了。」

「我也沒問題！」

我在玄關前再度向兩人確認的瞬間回想起來。

我忘記把重要物品放進背包了。

「糟糕，我忘了把煙火放進來……」

「真是的，和哥你在幹嘛啦～那才是今天最重要的目的吧！」

「哎，不好意思。」

我連忙回到客廳。

我想說絕對不能忘記，準備時首先就到便利商店買了煙火，但就這樣一直擺在床邊。

沒想到居然會犯下這種常見的失誤……

「駒村先生肯定也很興奮吧。」

陽葵這麼說道，我完全無法回嘴。

從早上就搭電車移動好幾個小時。

途中換搭公車，終於抵達露營場地。

「唔～～……好累喔～～……」

「真的……」

長時間移動似乎讓疲勞累積，兩人看起來很累。

其實我原本也有點累了，不過在走下公車的瞬間就恢復了精神。

「什麼都還沒做吧？用力深呼吸看看，空氣完全不一樣喔。」

兩人乖乖照做，使勁深呼吸。

「山上的空氣真的不太一樣呢，有種平靜的感覺。」

「啊，小奏妳看，是帳篷耶！」

「哦～～很有模有樣耶。」

發現架設在河邊的數頂帳篷，兩人都很興奮。

剛才快要累癱的模樣彷彿假的一般，對帳篷投以充滿好奇心的視線。

「我要丟下妳們了喔。」

我邁開步伐後發現兩人還站在原地，一這麼說完，她們便慌慌張張地追了過來。

在服務處辦好手續之後，首先把行李放到小木屋。

道路是以砂礫鋪成，每走一步都會伴隨沙沙聲。我突然想到最近很少走在這種路上。

抵達小木屋後，兩人又興奮起來。

裡面頗為寬敞，雙層床擺在房內兩側。事先在網路上看到的淋浴間和廁所都有，電視和廚房也一應俱全。

「好棒喔！雙層床耶！陽葵要睡上面？還是下面？」

「我睡下面好了。」

「那我睡上面！」

這段對話讓我忍不住想問：「是小孩子喔？」仔細一想，她們的確還是孩子。

「晚點再為床鋪開心，現在先準備烤肉吧。」

「烤肉！」

奏音頓時眼睛發亮。

「是啊，食材已經事先預約好了。順便說一下，晚上吃咖哩。」

「很不錯呢！」

「感覺真的很好玩耶。」

順帶一提，鐵板和鍋子之類的整套廚具全都事先租好了。

雖然金額不低，能減少需要事先準備的行李，我也沒有怨言。還不需要動用到儲蓄。

因為我沒有車子，沒辦法帶著大量行李移動嘛。

看著一家人從戶外活動用的休旅車卸下用具的情景，讓人有些羨慕，但我也不會每年都來玩。

像我們這種心血來潮的客人也能輕鬆來玩，有這樣的系統真教人感謝。

「就這樣啦，領到食材和用具就先烤肉，之後到河邊玩。」

「了解！」

「遵命！」

兩人精神飽滿地回答後，不知為何對我行舉手禮。

這種反應就和平常的女高中生沒兩樣，讓我不由得露出微笑。

烤肉用的棚架底下已經有許多人在烤肉類和蔬菜，各自享受午餐時光。

我們也找了個空位，立刻開始準備。

「我還是第一次烤肉耶，好期待喔～～」

「我上一次好像是在國中時的住宿研習。」

「咦？有這種活動喔？真好～～」

「不過我幾乎沒有記憶了……和那時比較要好的朋友沒有分在同一組，之後就看同組的男生們全部弄好。」

「啊～～……那樣確實有點難受。」

我聽著兩人的對話，試著生起炭火。

費了一番功夫終於開始冒煙，似乎是成功了。幸好事先在網路上查過生火的方法。

我並不討厭木炭燃燒時獨特的氣味。

「差不多可以放肉了吧。」

「等好久了！」

像狗一般撲向金屬網前方的人當然就是奏音。

這瞬間，我不由得想——

忘了多叫一人份的食材啊……

這次就請奏音忍耐，只吃一人份吧。

奏音接連把肉和蔬菜擺到金屬網上。

不知何時她已經拿著夾子，視情況適度翻面——獨自一人主宰了金屬網。

「來，烤好了喔，陽葵。」

「謝謝。」

「和哥也來。」

奏音把烤好的食物放到我和陽葵的盤子上。

看起來就有如燒肉大師——不，該說是戶外烤肉大師吧。

「奏音也別光顧著烤，來吃啊。」

「我等一下就要吃了。哎呀～～這會讓我覺得早知道就把家裡的食材帶來。我想到有種食材想用炭火烤來吃吃看。」

「想用炭火烤來吃？」

「嗯，青花菜。大概是一年級的時候吧？聽同班女生說過，戶外烤肉的時候烤青花菜很好吃。」

「哦～～」

青花菜確實不會讓我聯想到要用火「烤」。

「說不定能開啟新的大門啊。」

「下次在家裡烤來吃吧？」

「哦？大家一起挑戰？」

「我也有點興趣。」

「那要是我記得，就來烤烤看吧。」

話說回來，烤肉的時候會想到的居然是青花菜啊……

我時常覺得陽葵的感性有些異於常人，但奏音一扯上料理大概也不怎麼一般吧……我不由得這麼想。

肉和蔬菜都被吃得一乾二淨，善後工作也順利結束了。

儘管來到戶外，奏音的食慾依舊好得驚人。因為她真的一副吃得很香的模樣，讓人看著也不由得面露笑容。

總之，三個人一起的第一次烤肉可說是成功收場吧。

我們為了下一個目的——到河邊玩水，先回到小木屋換上泳裝。

因為兩個人都忸忸怩怩地走到我面前，讓我也不禁跟著害羞起來。

可惡，我明明就下定決心不要胡思亂想的啊——

裸露程度與夏季服裝顯然不同，換上泳裝後大方秀出的腿是讓人無法直視的原因之一。平常看不到的部分就在眼前，就算心裡沒有邪念，心跳還是會自然加快。難道只有我會這樣嗎？

不過，原來兩人都選了比基尼式泳裝啊……

因為有荷葉邊和蝴蝶結等的款式差異，雖然同樣是比基尼，看起來卻截然不同。胸圍差距大概也是其中的原因，不過對此我不予置評。

「好了，出發到河邊吧。」

「等等，你對我們的泳裝沒有任何評語嗎？」

奏音如此吐槽。

我刻意不提及，但這樣反倒不自然吧……

「妳們兩個都很合適。」

我強裝平靜如此說道，不過立刻就挪開了視線。

「啊……謝謝稱讚。呵呵呵……太好了，小奏。」

害羞的陽葵抱住奏音的手臂。

明明是奏音先提起這個話題，但連她也小聲說：「謝、謝謝……」

如果明知道會害羞，就拜託妳不要刻意提起，因為我也會莫名害臊。

我讓心情鎮定下來，揹起行李。

今天帶來的行李大半都是為了要在河邊戲水而準備。

除了必備的毛巾，還有游泳圈和涼鞋、蛙鏡，另外也準備了水桶。

帶水桶來是為了放煙火，不過有魚的話順便抓看看也不錯。

「啊，等一下。」

就在我要出發時，奏音喊停。

「怎麼了？有東西忘了拿嗎？」

「也不是忘了東西……還沒塗防曬油。」

確實，這時期要在太陽底下玩的話，這是一定要的吧。

女高中生應該更是不想曬黑。

奏音翻找行李，說著「有了」取出防曬油。

「陽葵，背對我，我幫妳擦。」

「咦？呀啊！」

話說出口到開始動作之間的空檔非常短。

奏音的手已經貼到陽葵背上。

「啊唔！腰、腰不行啦……！小奏，很癢耶！」

陽葵扭動身子，笑個不停。

「啊～～真是的，不要亂動啦。」

奏音嘴上抱怨，同時快速地四處塗抹。

女高中生觸摸女高中生全身上下，這樣一幅光景擺在眼前，我實在不知道該擺出什麼樣的表情。

該怎麼形容呢？這種有點開心又有點羨慕，同時也有幾分罪惡感的怪異心情。

「好了，結束！」

「謝謝。那接下來換我幫小奏塗背喔。」

「嗯，拜託妳了。」

「還是要麻煩駒村先生？」

「「啥——！」」

我和奏音不禁異口同聲驚叫。

「等等，這、這未免——」

「啊哈哈，只是開玩笑啦。駒村先生臉很紅耶。」

「不要鬧啦！」

陽葵笑著將防曬油塗抹到奏音背上。

可惡，我都緊張得出汗了。

害我一瞬間反射性回想起奏音之前發燒時拜託我幫她擦背的模樣。

奏音大概也憶起當時的狀況，臉頰泛紅。

陽葵沒有注意到，繼續幫奏音塗防曬油。

「等等，陽葵！前面我自己來啦！」

「咦～～我不要。這可是難得能摸小奏柔軟身體的機會耶！」

「妳、妳在說什麼——呀！」

「呵呵呵……這位小妹妹，妳身材很不錯嘛。」

「根本是性騷擾的大叔嘛！」

…………

拜託不要這麼大剌剌地做這種會讓人視線不知該往哪擺的行為。

兩人長時間一起生活而日漸習慣大概也是原因之一，不過這種親暱舉動就發生在眼前，還是會讓人不知所措。

我先轉向一旁，等兩人嬉鬧的時間結束。

——然而……

「唔喔喔！」

冰涼的觸感突然貼上我的背，讓我忍不住驚叫。

「啊哈哈！和哥嚇到了？」

「接下來輪到我們幫駒村先生塗背喔。」

「咦——」

我還來不及回答，兩人有些冰涼的手便貼上我的背。

「和哥的背好寬喔。」

「就是啊。啊，左邊交給我吧。」

防曬油的滑溜觸感和兩人柔軟指尖的觸感直接從背上傳來——緊接著，兩人的手滑向我的上臂和腰部。

不妙……這狀況，好像很不妙……

畢生從未感受過的焦急湧現心頭，我只想到在腦海中數數。

「好，塗完了！至於前面嘛，只能由你自己塗吧。」

在數到55的時候，兩人收回了手。

這段將近一分鐘的記憶已經我的腦海中消失無蹤。

從小木屋徒步大約三分鐘。

將行李放在偌大石塊四處散落的河邊，我們馬上開始準備戲水。

雖說是河邊，也許是因為位處上游，水流非常和緩，像是一潭湖水。

我先穿著涼鞋，讓腳踝浸泡到水面下——

「好冰！」

河水冰涼得超乎想像，讓我嚇了一跳。

話雖如此，現在是夏季的白天。

只要習慣了，起初的冰涼就好像幻覺般，覺得這溫度剛剛好。

「哇，真的耶。好冰！」

「呀～～！」

奏音和陽葵也一邊尖叫一邊走進水裡。

兩人不約而同開始朝彼此潑水。

剛開始力道並不大，但動作和開心的叫聲都越來越激烈。

「嘿！」

我原本只是旁觀，但陽葵掬起一把水潑向我。

潑在上半身的水很冰涼，讓我反射性地縮起身子。

「妳很敢喔……喝啊！」

接下來就是三人混戰。

從前方、側面、後方不時有水潑向我，甚至毫不留情地直接往我的頭潑過來，眼鏡上沾了好幾顆水珠。

只是互相潑水而已，為什麼會讓人開心得笑個不停呢？

「和哥，抓一條魚嘛～好像有魚在附近游來游去耶。」

奏音任憑瀏海不停滴著水珠，如此說道。

「今天的晚餐對吧！我會期待的！」

「別強人所難啊！」

我被她們如此捉弄，仍定睛凝視周遭。

剛才眼角餘光就注意到有親子徒手追逐著魚影，所以我也知道河裡有魚。

我移動到水深大約到大腿一半的地方，定睛看著身旁。

沒過多久就有灰色的影子經過我旁邊。

「啊，有耶。」

不過我靜靜站著等候機會——

就是現在……！

我從上方飛快伸出手。

指尖觸及魚的表面。

成功了嗎！

但是在小說或漫畫裡面一想到「成功了嗎！」，大概都是註定失敗的場面——

彷彿要證明這個法則在現實生活中也通用，魚輕易溜走了。

自己體驗這種感覺時真的很不甘心啊……

話說回來，魚的表面滑溜溜的，讓我嚇了一跳。

「逃走了。」

「咦～～很弱耶。」

「不然奏音妳來抓抓看啊。」

「好啊～～我就抓給你看。」

我的激將法對奏音生效了。緊接著，陽葵也興致勃勃地說：「我也來挑戰看看。」

我們彼此隔著一段距離，站在河中。

最初有反應的是奏音。

「有耶！」

她如此說道，同時把手伸進水裡。

「嗚哇～～！魚逃掉了！」

但她立刻就不甘心地大叫。

魚影再度出現在我眼前。

這次一定要抓到——我這麼想著，慎重地用視線追逐魚的動向，但魚直接遠離消失。

唔，第二次連伸手都來不及。不過這種魚好像遇到人也不會立刻逃開，只要再等下去一定會有機會——

「抓到了。」

「「咦？」」

我和奏音同時轉過頭。

一隻小得近似金魚的銀色小魚被陽葵抓在手中。

「真的抓到了！陽葵好厲害！」

「真虧妳能抓到耶。」

「呵呵呵，這樣捕魚技能上升了吧。」

「可惡，居然比我更快升級！」

雖然這種感受非常孩子氣，老實說有點不甘心。

「我是搞不太懂，但烤肉等級我已經提升到極限了。這條魚也要烤來吃嗎？」

「這條魚就算烤來吃，咬下去也幾乎只有骨頭吧。」

「你們兩個該不會都想吃吧！我要放牠走啦！」

陽葵說完便鬆手放開她抓到的魚。

「沒有啦，當然不是真的想吃。」

看到慌慌張張的陽葵，我和奏音都面露苦笑。

話說回來，成年之後像這樣重拾童心玩耍，這好像是第一次。

這是因為兩人來到我家，才會有這樣的體驗。

這種感覺不僅限於這次露營，過去也發生過許多次。

但是以後我們三個人肯定不會再次一起造訪這個地方了——

我回到岸上，用毛巾擦拭沾上水滴的眼鏡鏡片。

為了將現在這瞬間的景色深深烙印在腦海中。

第12話　煙火與女高中生

在傍晚前，我們各自沖過澡，接著便開始做咖哩當晚餐。

這次我們不是在外頭的共用設施，而是在小木屋內的廚房料理。

當然我和陽葵今天也加入幫忙。

那和奏音平常為我們做的咖哩有點不同，吃起來是沒什麼特色的平凡口味。儘管如此，我不禁萌生一股強烈的懷舊感受，也許是因為回憶起國小時的戶外教學。

吃完咖哩後，終於要放煙火了。

時間還沒到晚間七點，但是太晚也會打擾到其他人吧。

這裡和待在家裡的晚上不同，就寢時間想必也比較早。

帶著在便利商店買的全套煙火和蠟燭、水桶以及垃圾袋來到河邊。

搭設於河邊的幾個帳篷像是提燈般散發著微弱的光芒。帳篷前方也有人藉著提燈的光享受烹飪。

在遠一點的地方，也有一些人和我們一樣在放煙火。火藥的味道乘風飄來。

我先用水桶裝河水，在適當的位置停下腳步。奏音和陽葵則跟在我後頭。

「好，這附近就可以了吧。」

放下水桶後，我取出蠟燭和打火機。

「和哥，蠟燭不會太多了嗎？」

「因為店裡只賣盒裝啊，這不能怪我吧。」

不過這問題倒是真的，剩下的要用在哪裡……我家又沒有佛壇。

啊，保存起來，停電時可以用。

我心中這麼想著，將打火機靠近蠟燭後，點燃的燭火很快就開始搖曳。

奏音和陽葵正將煙火分成三等份。

「我把駒村先生的份擺在這裡喔。」

「喔。」

那麼，要從哪種開始放呢？

應該從最長也最粗的開始嗎？

奏音已經拿起自己的煙火，馬上就拿蠟燭點火。

這瞬間——

咻砰！響亮的炸裂聲響起，一道綠光筆直延伸。

「嗚哇！嚇到了～～！」

奏音嚇了一跳，陽葵不知為何哈哈大笑。

哎，我也明白人太過驚訝時那種沒來由想笑的感覺。

緊接著陽葵點燃煙火，這次是橘色光芒迸裂般發出啪滋啪滋的聲響。

「好燙！噴過來的火星比想像中還燙耶！救救我！」

陽葵怕得壓低姿勢，只筆直伸出一隻手臂，如此喊道。這回輪到奏音看著她笑了起來。

「小心燙傷喔。」

我這麼說著，手中拿著只有一個的蝴蝶炮。

我點火後擺到地上，連忙離開現場。

蝴蝶炮飛快旋轉著，不知為何朝著奏音的位置飛去。

「為什麼往我這邊來啦～～！」

奏音尖叫著四處逃竄。陽葵看了再度哈哈大笑。

當蝴蝶炮砰的一聲迸裂後，兩人像壞掉的玩具般笑個不停。

拜託，笑得太誇張了吧……

雖然我這麼想，但我自己的嘴角肌肉也不由得往上抬。

笑容真的有傳染力啊——和兩人生活至今，我現在最強烈地感受到這一點。

煙火的數量漸漸減少。

放過的煙火接連堆在水桶中。

白煙如霧氣般環繞著我們，彷彿只有這附近與現實隔絕，飄盪著一股不可思議的氣氛。

剛才在放煙火的人們好像先回去了。

變得更加靜謐的河邊空氣沁涼。

剩下的煙火不多了。

早知道就多買一點；雖然不太滿足，但是剛好吧。這兩種想法同時浮現腦海。

「最後果然還是要點仙女棒吧。」

「我懂。」

剛才跑來跑去的兩人現在蹲在地上，注視著仙女棒。

細微的聲響、黯淡的光芒，以及無聲墜地的結尾。

用言語形容就這麼單純而已，但這種煙火為何會讓人感到如此夢幻？

我們默默盯著啪滋作響迸射火花的仙女棒。

這是段寂靜的時間。

沒有人試圖開口說話。

也許我們三人都陶醉於這樣的氣氛中。

不久，奏音、陽葵和我所拿的最後的仙女棒接連燃盡。

突然間，一陣稍強的風吹起，在絕佳的時間點吹熄了蠟燭的火光。

一切都是那麼巧，讓我瞬間覺得好像電影中的一幕。

「結束了呢。」

「嗯……玩得好開心。」

「我也是，好久沒笑得這麼開心了。」

我開始回收蠟燭和水桶。

裝滿水桶的煙火殘骸就只是垃圾，不久前還帶給我們那麼多歡樂啊——一想到這裡就不禁有點寂寞。

從河邊走回小木屋的途中，奏音突然停下腳步。

「好棒喔……好多星星。」

我和陽葵也跟著抬頭仰望天空，數量多得從未見過的星星布滿天空。

「哇………」

「真是壯觀……」

我不由得感嘆。

在家裡能看到的就只有一等星。

不過現在從這裡能看到的星星多到數不清的程度。

「那個該不會就是銀河？」

天空有一處微微泛紅。

穿過該處的黑色部分就像一條河流平緩地蜿蜒並延伸。

「我第一次在課本之外的地方看到……」

「我也是。這雖然像在說廢話，原來銀河不是只有七夕才能看到啊。」

「這不是當然的嗎？」

奏音面對大自然依舊我行我素，我不由得苦笑。

七夕啊。

之前沒寫在短籤上的心願突然掠過胸口。

那是無論如何祈求都不會實現的心願。

我們好一段時間遙望著天空。

「我啊……很重視和哥跟陽葵喔。」

奏音視線依舊固定朝向星空，突然如此呢喃。

「咦——？」

「坦白說，我想永遠這樣在一起，想要三個人一起生活下去。雖然我也知道絕對不可能，但我還是——」

奏音說到這邊戛然而止。

大概是說著說著，頓時百感交集吧，話語聲最後聽起來有些哽咽。

「我也是……駒村先生和小奏對我都很重要。我真的……不想分開，不想回去……」

陽葵接著說出的話讓我不由得看向她的臉。

先前她宣言要說服父母時的那份堅定已經不知去向。

像是注意到我心中湧現的不安，陽葵繼續說：

「但是——就這樣不回去的話，我將來肯定會一直無法回家……所以，我會回去。」

「陽葵……」

「我有在那時候搭上電車真是太好了，能遇見駒村先生真是太好了，能遇見小奏真是太好了……我真的發自內心這麼想。不只讓我白吃白住，還讓我有這麼多開心的體驗——真的是感激不盡……」

說到這裡，陽葵吸了吸鼻子。

「妳在哭什麼啦？又不是今天就要分開了。」

奏音嘴上這麼說，但聲音也因為哽咽而微微顫抖。

「……小奏還不是一樣。」

兩個人同時吸了吸鼻子，像是要遮掩羞赧般笑了起來。

「和哥沒在哭嗎？」

「我沒哭。」

確實有一點——不，該說百感交集吧。

不過，現在還不是時候。

「真的？只是因為四周很暗想混過去吧？」

「我真的沒哭啦。我去看號稱『萬人哭泣』的電影也從來沒哭過。」

「這好像不值得自豪耶……」

她們好像有點不敢領教。

不過奏音也沒說錯……

「嗯～……我覺得駒村先生看可愛動物類的電影應該就會哭吧？」

「啊，我懂。感覺就是這樣。」

「…………」

輕率地回應好像會被她們捉弄，所以我什麼也說不出口。

而且我從來沒看過那類電影，無法想像自己會有什麼樣的反應。

話說，在這兩個傢伙眼中，我到底是什麼形象啊……？

這樣的疑問先擺一旁，我們剛才停下的腳步再度朝著小木屋前進。

回到小木屋，整理好雜物之後，我們立刻準備就寢。

平常這時間我們鐵定都還沒睡，但也許是歷經今天的種種活動，已經湧現睡意。

「駒村先生，小奏。」

關燈之後沒過多久。

在一片黑暗之中，陽葵呼喚我們。

「嗯？怎麼啦？」

「我真正的名字，叫作白虎院櫻花。」

「……………咦？」

這句自白來得太過突兀。

沉默充斥在黑暗之中，過了好幾秒——

「為、為什麼突然講這個？」

奏音發出疑問，嗓音明顯變調。

我也同樣吃驚，很明白她的心情。

過去就算問了，她也總是堅持不回答本名——

「若要問我為什麼，其實……沒什麼理由。剛才看著星空就覺得是時候該說出口了。」

「這樣啊……」

這讓我比剛才更強烈地意識到離別的時刻已經迫在眉睫。

「那個，不好意思，可以再說一次名字嗎？」

「我叫白虎院櫻花。」

「該怎麼說，真是帥氣的姓耶……」

在我過去的人生遇見的人當中，帥氣程度大概堪稱數一數二。感覺會讓人憶起國中時想要帥的心情……

如果我的姓氏是「白虎院」，我敢說我玩遊戲時也會用本名當作暱稱。

「是的……我也知道自己的姓氏非常獨特，所以我不願意說出本名。而且只要在網路上一查，馬上就會出現我家的劍道場……」

「原來是這樣……」

因為姓氏罕見，身分會輕易曝光，她才會一直以來都用假名自稱吧。

「櫻花啊——對了，字要怎麼寫？」

「春天的『櫻花』。」

「是喔……很可愛的名字。」

「謝謝……」

寂靜再度到來。

在這片黑暗中無法看清這時每個人露出什麼樣的表情。

也許有人翻身，只聽見床單摩擦的聲響。

「不過，我希望兩位一如往常叫我『陽葵』。因為我在這裡的名字一直都是『陽葵』……一直到我離開前，請讓我繼續當『陽葵』。」

「好。話說這樣對我也比較好……雖然是本名，要突然用『陽葵』之外的名字叫妳，肯定會不習慣吧。」

「我也是，要是駒村先生和小奏叫我本名，我可能也會反應不過來。」

兩人對彼此輕聲笑道。

「話說，『陽葵』這個名字是從哪來的？隨便取的？」

「不是。是在我尊敬的那位同人作家筆下的漫畫中登場的角色名字。」

「這樣啊。」

原來不是隨便取的名字。

「雖然那是荒廢的世界，那個角色卻總是那麼開朗率真又堅強，擁有許多我所沒有的東西——根據作品的後記，名字似乎取自向日葵，讓我覺得：『原來如此，真是人如其名！』因為我的名字也是花，讓我更有親切感了。」

「哦～～……」

陽葵滔滔不絕地說著，語氣欣喜雀躍。

在這之後，陽葵繼續說著那角色有多麼積極又堅強，世界觀和故事有多麼精妙，熱情洋溢地高談闊論。

這次露營居然是以御宅族談論對角色的熱愛結尾，我事先完全想像不到……

不過，我覺得這很符合陽葵的個性。

不知不覺間，奏音發出了平穩的呼吸聲。大概到達極限了吧。

不久，陽葵的說話聲也停止了。

我再度閉起眼睛，浮現的念頭是「今天有來這趟真是太好了」。

雖然荷包變瘦了，這些錢花得值得。

滿足與寂寥，興奮與憂傷。

在許許多多的感情翻騰之中，我也進入了夢鄉。

第13話　豬排與女高中生

肌肉痠痛超乎想像……

晨間的沙丁魚車廂內。

每當列車匡噹作響地搖晃時，我就必須強忍著避免發出「唔」的呻吟聲。

從露營回來之後的昨天，身體還沒什麼異常。

但是今天早上一醒來，全身上下隱隱作痛。我還以為自己會就這樣躺在床上動彈不得。

沒想到肌肉痠痛會隔一天才造訪……

居然會因為露營而實際體驗到自己的年齡增長。

雖然平日運動不足也是原因之一，但是看到奏音與陽葵一如往常毫無倦色，還是湧現了無可奈何的感覺。

一直到下班時間，肌肉痠痛仍未消退。

哎，雖然和早上比有稍微舒服一點了。

儘管不想走路，但不動用雙腿就無法回家……我為此感到幾分氣餒，好不容易回到家。

「我回來了……」

「你回來啦～」

「歡迎回來。」

站在廚房的奏音轉頭看向我，陽葵從裡頭的房間探出頭來。

眼前這習以為常的情景，再過不久就要結束了啊……

若要說不覺得寂寞，那是騙人的。

正因如此，想更珍惜剩餘的時光——我的情緒幾乎落入感傷時，擺在桌上的三片偌大肉片打斷了我的思緒。

「今天吃肉啊。」

「嗯，我會做成炸豬排。今天去超市的時候剛好在限時特價，超便宜的。一克竟然只要零點五圓！比熟食區賣的現成炸豬排還要便宜，我就買了。」

「這樣啊。」

說歸說，我從來沒有從每克幾圓的角度注意過肉的價格，所以不太明白這樣有多便宜。

因為學校已經放暑假，奏音似乎能在比平常早的時間去超市。大概因此撿到了便宜吧。

先不談金額的問題，看到大塊的肉擺在眼前，還是讓人不禁雀躍。

過去奏音從來沒在家裡端出炸豬排之類的菜色啊——這時我回想起以前和陽葵一起吃豬排蓋飯的往事。

這樣一想，今天的肉應該真的很便宜吧？

奏音打了蛋，開始準備麵粉與麵包粉。

「駒村先生，請先洗澡。」

對喔，今天輪到我先洗。

被陽葵催促後，我便立刻走向盥洗室。

大概是天氣越來越熱了，今天的洗澡水溫度比較涼一些，真是感謝。

也許這季節只有特別疲勞時才需要泡澡，基本上淋浴解決就夠了。

不………

這就等陽葵回家之後再考慮吧。

畢竟兩人應該想悠哉地泡澡吧。要顧慮水費還是晚一點再說。

我突然注意到肌肉痠痛已經減弱到幾乎不會察覺的程度。

看來我的恢復力還不算衰退。我朝著積極正面的方向如此解讀。

洗完澡後，餐桌上已經擺了三人份的炸豬排，還有高麗菜當配菜。

我從冰箱取出發泡酒，馬上就打開直接灌了一口。

在炎熱的季節，洗完澡後的小酌真是太棒了。喉嚨瞬間得到滋潤，真教人欲罷不能。

「陽葵，晚餐做好了喔～～」

「來了～～」

奏音如此呼喚，陽葵便走出房間。

緊接著，奏音一句「拿去」，把番茄醬擺到桌上。

我不由得睜大眼睛。

「咦……炸豬排應該要配美乃滋吧？」

我從冰箱拿出美乃滋。

不知為何奏音不悅地直盯著我。

「拜託，這太離譜了吧？我覺得番茄醬就是萬能耶，配高麗菜也好吃。」

「美乃滋才適合配高麗菜吧？妳應該也曉得生菜沙拉和美乃滋之間的契合度吧？」

「這我是不否認啦，但是番茄醬和高麗菜也很配。外面連鎖店的漢堡用番茄醬也很正常喔，放諸全國皆準。」

「妳要扯這個的話，連鎖店也有其他漢堡用的是美乃滋啊。」

我們的視線迸射出看不見的火花。

這時陽葵介入我們之間。

陽葵把番茄醬和美乃滋都倒到盤子裡，用湯匙畫圓般開始攪拌。

「我是奧羅拉醬派。這種混合時的大理石紋路可是單一色彩無法表現的藝術，當然味道也無可挑剔。」

「………………」

經過數秒沉默後——

我們忍不住噗哧笑道：

「陽葵這招太強了。」

「是啊，被擺了一道。」

「而且，感覺很懷念呢……」

兩人來到我家後隔天早上吃的荷包蛋——

感覺像是許久前的往事，讓我胸口莫名揪緊。

這時陽葵又補上一句：「我也喜歡在炸豬排上撒鹽，還有王道的豬排醬。」我們又跟著笑了起來。

「總之快點吃吧。」

我們紛紛就座，拿起筷子——

這時我注意到某件事。

原本陽葵指甲上的蝴蝶圖樣已經消失無蹤。

「…………」

時間一分一秒不斷流逝。

自從陽葵決定期限之後，我發現自己更加意識到這樣理所當然的事實。

第14話　提議與我

下班後我走出公司，見到熟識的人站在道路另一側。

上次見面已經是那天在咖啡廳的事了。

「友梨……」

大概是許久不見了，讓我不禁有些緊張。

另一方面，友梨的態度一如平常。

我想起前陣子佐千原小姐和磯部也像這樣。我稍微理解了磯部當時的心情。

不，之前是我拜託她：「希望妳等我。」要是我驚慌失措可不行啊……

好，就從現在開始重整心情。

「和輝，辛苦了。今天我沒帶伴手禮，只是有件事想跟你說──」

「跟我說？」

說到這裡，友梨欣然一笑──

「我終於找到工作了！」

然後使勁高舉雙手。

「喔喔！恭喜！」

這真是太好了。

友梨是因為公司倒閉才失去上一份工作。本人完全沒有過錯而失業，光是想像那樣的處境就讓人胃痛……

「然後啊，雖然這個要求有點厚臉皮……我希望你能為我慶祝。」

「慶祝？」

我不由得緊張起來。

友梨想要的慶祝會是什麼……？

如果是甜點——那還沒問題，但這種要求她也不會特地來找我吧？

既然如此，該不會是化妝品之類？或是衣服、手提包？

許多可能性瞬間掠過腦海，但友梨血色飽滿的嘴唇間吐出的字眼和我預料的完全不同。

「我希望你……那個，和我約會。」

「——————！」

儘管我剛才下定決心要重整心情，面對她這樣直截了當的一句話，要我完全鎮定是強人所難。

不過開口的本人似乎也很害羞，臉相當紅。

『如果從來沒視作戀愛對象的人跟你告白，你會怎麼做？』

磯部說過的話掠過腦海，心跳加速。

冷靜下來啊。我要保持冷靜……

要是在友梨面前慌張得手足無措可就太難看了。

「啊，不過我想要的沒有太誇張喔。那個，其實只要一起吃頓飯就夠了……」

友梨舉起手在臉的前方慌張地揮動。這樣的回答讓我頓時放鬆了。

「是、是喔。只是請妳一頓飯的話，沒問題啊。」

「真的？太好了！謝謝你，和輝！」

友梨露出我從未見過的欣喜笑容。

自從告白之後，似乎讓她拋開了顧忌，氣氛感覺與過去有所不同……

「那就約明天下班之後可以嗎？」

「可以啊。明天的話沒問題。」

「太好了。那個，今天只是要說這件事而已，我該走了——」

友梨輕輕揮了揮手，轉過身——

「啊唔！」

不知為何失去平衡，差點跌倒。

果然有點傻氣這一點還是沒變……

「……還好嗎？」

「啊、啊哈哈。我好像比我想的還要緊張。那個，明天見。」

友梨快嘴說完，小跑步離開。

緊張啊──

目送跑得搖搖晃晃的背影離去後，我朝車站邁開步伐。

話說回來，一起吃頓飯就結束──

儘管她之前向我告白，這次「約會」的要求感覺相當保守。這就是友梨的個性吧。

總之得告訴奏音明天不用準備我的晚餐。

話雖如此，該怎麼說明理由才好……

我應該老實說「我要和友梨去吃飯」？

但是奏音和陽葵已經與友梨相當熟識了。

一旦說明理由，她們很可能會提出：「我們也想一起去吃。」如此一來就無法達成與友梨的約定了。

然而，如果說「我要去約會」，兩人的氣氛似乎也會跟著變差……

這狀況…………該怎麼辦才好？

回到家之後，我仍舊煩惱著。

該怎麼提起呢？我甚至連開口的契機都找不到。

「駒村先生，你的表情好像有點緊繃，怎麼了嗎？」

「咦？」

用餐時聽陽葵這麼說，我不由得輕聲驚呼。

「回來之後就一句話也沒說，是工作上發生什麼事了嗎？」

連奏音都看穿了，讓我不由得著急起來。

態度真的這麼明顯嗎？

不過，到底該怎麼告訴她們……

不妙，我似乎被「約會」這個字眼影響太深了。

現在應該盡量擺出一如平常的態度——

最後我想出的回答是「明天下班有聚餐，不用準備我的晚餐」，和之前參加聚餐時一模一樣的說詞。

奏音和陽葵並未起疑，立刻就老實回答「知道了」，讓我萌生些許罪惡感。

其實我也不是要做壞事。
只是要慶祝友梨找到工作而已。
大概是因為友梨說了「約會」，讓我太介意這個字眼，不過冷靜下來一想，也不過就是一起吃頓飯。
雖然我如此說服自己，已經湧現心頭的歉疚感並未消失。

隔天——
結束工作後來到公司外頭，卻沒見到友梨的身影。
平常她總會先在這邊等我，今天是怎麼了？
話說，我也差不多該問一下友梨的聯絡方式了。
仔細一想，我們到現在要約對方時還是完全只靠當面交談，未免太跟不上時代了……
不過事到如今要我問友梨的聯絡方式，對我而言相當需要勇氣。
況且在當下這種狀態問她聯絡方式，也許會讓她懷抱不必要的期待——
既然尚未確定對告白的答覆，我不想節外生枝。
「不好意思，和輝，我來晚了。」

聽見友梨的聲音，我倏地抬起臉。

友梨氣喘吁吁地跑向我，看起來似乎——比平常更用心打扮。

雖然我說不出具體是哪裡有差異，整體的氣氛就是不太一樣。

我也不太懂，大概是因為化妝吧？

「我原本預定會更早一點到，但是電車慢了。」

「既然妳是搭電車，今天打工沒有排班？」

「嗯，所以我是從家裡來的。那我們出發吧。」

「話說，妳想吃什麼？」

「嗯～～……其實吃什麼都好。」

「這回答最讓人傷腦筋。」

不過，我也常常這樣回答奏音就是了……

「呵呵，不好意思，我想邊逛邊決定。車站前的大樓裡頭有很多餐廳吧？」

「是沒錯。好吧。」

於是我們開始朝著車站前移動。

前往車站的途中，經過電影院。

上映中的宣傳招牌底下大概成了人們約碰面的地點，不少人站在那裡，盯著智慧型手機的螢幕。

電影啊——

我再度想起之前陽葵非常開心的神情。

走了一段路後，我的視線飄向與我擦身而過的女高中生其中一人，因為她邊走邊喝寶特瓶裝飲料。

那是之前去奏音家時，奏音買給我的水蜜桃汁。

這時我與走在我身旁的友梨對上視線。

「和樹，你剛才在想她們兩個吧？」

「唔………」

為什麼會發現？

「啊，我並沒有覺得不舒服喔。該怎麼說……只是再度體認到你個性有多認真。」

「認真？」

「嗯。」

友梨不知為何笑咪咪的，我搞不太懂理由。

來到車站前的商業大樓。我們花了幾分鐘在裡面繞了一圈。

友梨選的是天婦羅店，好像是受到螢幕上的炸蝦吸引。

我一瞬間以為她是配合我的喜好，但是看到她那孩童般期待地看菜單的臉龐，我便收起了這樣的想法。

從結論來說，天婦羅相當美味。

我點的是天婦羅蓋飯，零嘴般酥脆的金黃外皮讓我十分驚訝。

友梨則點了當季的天婦羅拼盤，看起來也十分美味。

外食時看到其他人叫的餐點，不知為何總會覺得那特別美味。

吃完後，店員為我們送上熱騰騰的玄米茶。

我們喝著茶水，稍事休息。

雖然相當美味——我還是忍不住介意，友梨對這樣的約會真的滿意嗎？

因為只是一起吃天婦羅而已……

也不算有聊上什麼話，只是彼此談論對天婦羅的感想……

直到這時我才發現自己忘了一句很重要的話。

「呃～～……雖然有點晚了，恭喜妳找到工作。」

大概是沒想到會在這時收到祝賀，友梨睜圓了眼睛。

「嗯。呵呵呵，謝謝你。」

「打工持續到什麼時候？」

「到這個月底。」

「是喔……店長想必會很寂寞吧。」

友梨聽了面露苦笑。看來店長已經這樣跟她說過了吧。

「我很感謝店長，所以有空也會回店裡作客。等和輝你手頭比較寬裕後，也別忘了偶爾去捧場喔。」

「我知道。」

等我手頭比較寬裕後。

換言之，就是在我回到沒有奏音和陽葵在的生活時——

那時候的我到底會怎麼生活？

會像過去一樣依靠外食嗎？

或者是——

這時友梨輕笑道：

「我說和輝，你該不會是在陽葵身上看到過去的自己……？」

「咦——？」

友梨突如其來的問句讓我的心臟猛然悸動。

「……為什麼會這樣想？」

因為她猜中了一半，讓我難以保持平靜。

「嗯～～只是憑感覺猜的。」

友梨語氣平淡，看不穿情緒起伏。

『我一直，看著你……』

「當時」友梨的身影與話語重現腦海，加快了心跳的節奏。

而且不知為何，現在那句話比起「當時」更讓我感觸良多。

以前的我到底有多麼忽視周遭啊——

沉默持續了好一陣子。

現在的我不知道說什麼才是正確回答。

端著茶壺的店員為我們重新倒滿玄米茶後，再度離開。

「那個，你以前去的那間道場，現在還開著喔。」

友梨首先打破沉默。

「……是喔。」

因為友梨住在老家，馬上就能掌握我家附近的變化。

這樣啊，原來還開著。

老師現在過得好嗎？還有當時一起學習的人們。

「現在好像因為指導員人手不夠，正在徵人。」

「咦？」

像要追擊我沉浸於鄉愁的心，友梨接著說：

「有興趣試試看嗎？」

「…………」

突如其來的提議讓我不由得愣住。

不久前的我大概會立刻拒絕吧。

不過現在的我——————陷入迷惘。

其實沒必要猶豫，也不需要介意。

但不知為何，我還是舉棋不定。

為了讓心情鎮定下來，我喝了一口玄米茶，但是沒有解決任何問題。

「我從來沒有熱衷於某件事，不曉得有沒有資格講這種話……」

友梨稍微挪開視線，緩緩說下去。

「我覺得就算長大成人，還是可以追尋夢想的後續。」

夢想的後續——

這句話深深沉入了我的心底。

過去我沒有這樣想過。

對我來說，一旦放棄就結束了。

對自己一度拒絕的事物，絕不可以想要再去觸碰。

但是——

也許現實並非如此。

也許只是我自己在心中建立起阻隔。

「啊，不好意思突然提起這些事……不過，我覺得反正只是考慮也不用錢嘛。」

友梨笑得率真而不帶譏諷，表情讓我一瞬間為之心動。

這也許是長大成人後第一次。

自然而然覺得友梨的笑容「可愛」——

過去明明應該看過很多次，為何在這當下會萌生這種感受，我自己也不曉得。

有種自己的臉頰似乎會發紅的感覺，我將幾乎已經喝乾的茶杯再度端到嘴邊。

吃完晚餐後，我們很快就往車站邁開腳步。

友梨也沒提議要「延長」，真的只是吃頓飯就結束了。

這樣算是約會嗎？

真的滿足了友梨的期望嗎？

如果區別這麼寬鬆，我和磯部一起去喝酒不就也算是約會了嗎……

算了，這就別想了。

「和輝，今天很謝謝你。很好吃喔。」

「不會，我才該道謝。」

「…………」

「…………」

對話就是無法持續下去。

不過，這種氣氛並不會讓我覺得如坐針氈——

單純只是沒有話語浮現。

剛才友梨對我提出的建議占滿了我的腦海。

最後我們一句話也沒說，就這麼抵達車站。

「我先走啦。謝謝招待。」

友梨滿足地笑了笑，揮著手離去。

我也對她微微揮手，走向月台。

夢想的後續——

在等電車抵達的這段時間，我仍舊滿腦子都在想這件事。

第15話　遊戲與女高中生

「欸～欸～～來玩遊戲嘛。」

某天夜裡。

所有人都洗完澡，在客廳悠哉放鬆的時候，奏音突然如此提議。

「還真突然。是怎麼了？」

「嗯～～之前跟晄哥玩的時候，感覺比想像中好玩，還想再試試看。」

就是那次「外出約會製造假證據之日」吧。

那天回到家的時候，兩人確實正在打電動。

「可以啊。」

「啊，我也想玩！」

陽葵舉起手走出我的房間。大概是聽見我們的對話了吧。

我立刻著手準備。

話雖如此，只是接上電源線而已。

「要玩什麼？上次跟晄輝玩的那款遊戲？」

「嗯。就那個吧。」

「ＯＫ。」

之前他們兩個玩的是能夠對戰的動作遊戲。

不只是線下對戰，還能透過網路與全國玩家對戰，當然也有單人用模式。我只用過單人模式和ＮＰＣ對打，而且是很久以前的事了。

雖然很久沒拿出遊戲機和軟體，大概是因為之前晄輝玩過，上頭並沒有蒙上灰塵。

將光碟放進主機，啟動遊戲。啟動前的等待時間都讓我有點懷念。

奏音和陽葵不知為何跪坐著等待。

「幹嘛跪坐？」

「沒有啦，沒什麼原因。」

「就是期待到不由得正襟危坐的感覺。」

我不太能理解陽葵說的話。大概是御宅族之間有這種文化吧？

不久後，偌大的遊戲標題占滿了電視螢幕。

「一開始就妳們兩個玩吧。」

我將控制器交給奏音與陽葵之後，先退到沙發後方。

我決定先旁觀就好。

「謝謝～～」

「哇！有這麼多角色可以選喔？要用誰啊？」

「我因為搞不懂，上次閉起眼睛隨便挪動游標，選到誰就用誰。這次也這樣選好了。」

「那我也這樣選！」

要刻意加入運氣成分嗎？不過這也滿有趣的。

兩人在角色選擇畫面笑鬧了好半晌，終於開始對戰。

奏音選了外觀圓滾滾且體型較小的非人類角色；陽葵似乎選了持劍的青年。

伴隨著英語的號令聲，對戰開始了。

不過兩人的角色站在原地突然開始無意義地胡亂動作。

這、這狀況是…………

恐怕就是初學者常見的「總之先隨便亂按，看過角色的招式」吧？

當兩人同時這麼做，畫面看起來就滿滑稽的……

兩人的角色不停在原地蹦蹦跳跳，或是朝著空無一人的地方出招，彼此間的距離不曾縮短。

是說，妳們快點開打啊。

我在心中吐槽後，情況終於有了變化。

因為對戰有兩場，看來要一段時間才會結束。

在兩個人專心對打的時候，我不時側眼看電視螢幕，同時把玩智慧型手機。

我只瀏覽今天的新聞一覽。

就在這時。

我沒來由地突然回想起陽葵的那番話。

『所以我不願意說出本名。而且只要在網路上一查，馬上就會出現我家的劍道場……』

「…………」

用網路查啊……

過去我也曾在網路上查有關陽葵的消息，但是毫無成果。

真沒想到會從本人口中得到提示。

我順從好奇心的驅使，在搜尋引擎輸入「白虎院　劍道」。

按下確定後，搜尋結果不到一秒就顯示在畫面中。

名為「金西劍士會」的網頁顯示在最上方。

在網站中。

「會長　白虎院雅一」。

「副會長　白虎院麻希江」。

這兩個名字寫在一起。

我點開網站，裡頭放了幾張拍了劍道場模樣的照片。

將護面與防具擺在身旁，跪坐著的孩童們的照片。

手持竹劍的成年人彼此對峙的照片。

以及劍道場的學生們與指導員齊聚一堂的合照。

我是第一次看到位於中央的中年男性與女性，卻有種莫名的親切感。

這也是當然吧，因為兩人都和陽葵有幾分神似。

所以，這兩人就是陽葵的雙親吧……

這對父母看起來就很嚴格……這是我最直接的第一印象。

顯示在網站最上方的道場訓示是「劍即為心　心若不正　劍亦不正　欲學劍術　先正心術」，也許這更增長了嚴格的印象。

我繼續觀察那張合照，在裡頭發現了似曾相識的人影。

就是在參加奏音學校的園遊會後，和陽葵躲在窄巷時看到的那位年輕女性。

當時與她對上視線只是短短一瞬間。

但是，這銳利的眼神我不會認錯。

當時的她放下頭髮，照片中則是綁成一束。凜然的表情很適合劍道服。

「嗚哇～～！我輸掉了！」

聽見陽葵的慘叫聲，我連忙關掉正在看的網頁。

兩人的對戰似乎分出高下了。

「駒村先生，拜託幫我報仇～～」

陽葵沒出息地說著朝我遞出控制器。

陽葵真有辦法說服看起來那麼嚴格的父母嗎——我不禁感到不安。

「駒村先生？怎麼了嗎，怎麼在發呆？」

「啊——不好意思。我還沒決定要用哪個角色。」

「哼哼哼～～不管要用哪個角色，儘管放馬過來～～」

奏音盤腿坐著，讓角色在半空中不停揮出刺拳，轉頭看向我。

「……很好，我就陪妳玩玩吧。一定會讓妳後悔的。」

我用指尖將眼鏡往上推，選了速攻角色。

「和哥……很幼稚耶……」

幾分鐘後，一抹陰影籠罩著奏音。

哎，其實奏音也沒說錯，對她使出全力的確是滿幼稚的。

「我不是先說好了要讓妳後悔嗎？」

「嗚唔唔唔……」

她發出野獸低吼般的聲音，憤恨地直瞪著我，但對現在的我不管用。

勝負的世界總是不留情面，即使是自家人也不例外。

「那接下來換我幫小奏報仇……！」

陽葵和奏音交換位子，眼中燃燒著鬥志。

「哦？可以啊。儘管放馬過來。」

我接受了陽葵的挑戰，挺起背脊重振精神。

仔細一想，這還是長大後第一次像這樣有如國小時熱熱鬧鬧地玩遊戲。

也許早點和她們兩個打電動更好。事到如今我才有點後悔。

第16話 女高中生與女大學生

※ ※ ※

某車站的洗手間，化妝室中——

峰山美實站在鏡子前方，正將一頭長髮綁成一束。

鏡中的自己沒有化妝，正以沉重的表情凝視著自己。

細長的眼睛下方浮現藏不住的黑眼圈。

「…………」

但是她眼中看見的並非映於鏡中的自己，心思完全朝著不同的方向。

（到底跑哪去了……）

美實好一段時間站在鏡子前方，直到身旁補妝的女性輪替了兩個人。

自從美實利用假日到處尋找櫻花，今天已經是第四次。

她自認並非全無頭緒，但至今毫無成果。

「人……有夠多……」

美實走在街上，嘆息的同時如此呢喃。

美實討厭都市。

在車站已經有很多人往來，車站外頭更是人聲鼎沸。

雖然比賽時她也見過許多人聚集於會場，但這裡的人潮更遠在會場之上。

明明不是特別的日子，街上依舊充滿了人。這樣的都市讓美實完全無法適應。

除此之外，美實眼中「看起來很輕浮」的人特別多也是讓她討厭的原因之一。

前陣子她還看到在外頭親熱的情侶，雖然兩人躲在窄巷中，還是讓她非常尷尬。

光是看到牽著手走在路上的情侶都會覺得害羞，那幅情景實在太刺激了。

正因為有形形色色的人在此生活，美實猜想櫻花就在這城鎮的某處。

如果要藏身，比起人少的鄉下地方，人多的都市更適合——

假使換作自己離家出走，也會這麼想吧。儘管自己討厭都市。

話雖如此，要在這個大都市中找出一個不知置身何處的人實在太過困難，讓她不知該如何找起，簡直像在沙漠淘金。

然而，美實還是無法停止行動。

『美實姊！』

記憶中的櫻花對她展露純真的笑靨。

想再次看到那張笑容——

美實現在心裡只有這個念頭。

美實開始練劍道是在國小低年級時。

起因是看見身穿劍道服上劍道才藝班的高年級女生，那身影讓她懷抱強烈的憧憬。

雖然不太明白，感覺很帥氣。

起初只是始於對外表的憧憬，但美實很快就越來越熱衷於劍道。

對年紀還小的美實而言，竹劍相當沉重，手臂也非常疲憊，儘管如此，揮舞竹劍還是讓她很開心。

某天在劍道場角落，她看到年紀還很小的櫻花靜靜坐在那裡。這是她第一次見到櫻花。

似乎是櫻花的父母都來到劍道場指導，所以她也跟來了。

一到休息時間，櫻花便主動向美實搭話。大概是因為當時的學生當中，女孩只有美實一位吧。

美實對櫻花的第一印象是——好像小松鼠。

與年紀較大的美實也純真無邪地嬉戲，那模樣確實有如小動物。

在這之後，美實與櫻花一起慢慢長大。

雖然學校不同，身為家中獨生女的櫻花敬美實如親姊姊一般。

櫻花告訴美實自己喜歡看漫畫是在櫻花升上國小高年級的時候。她說漫畫是用零用錢買的。

美實也曾好幾次受她招待，到她的房間看漫畫。

但是，美實對漫畫並沒有太大的興趣。

當時的美實滿心都是劍道，這一點至今依舊不變。

儘管如此，櫻花談論漫畫時的表情看起來閃閃發亮，美實很喜歡。

美實不善言詞，也不喜歡激烈表達自己的感情，因此更是覺得櫻花的笑容燦爛得教人目眩。

也許是因為櫻花的父母熱心指導，劍道場的學生接連在比賽中留下成績。

其中美實和櫻花都不例外。

但是櫻花在升上國中後，前來練劍的次數明顯減少。

不久，櫻花面帶靦腆笑容告訴美實：「我在畫畫。」

而且還告訴美實——她是真的想成為一位插畫家。

似乎就是從這個時期開始，櫻花與父母之間開始發生衝突。美實當然無從得知細節，但是從氣氛隱約如此察覺了。

站在櫻花父母的立場來想，既然自家孩子有實力，當然也會希望日後她能繼續發展劍道吧。這點程度的理由，美實也能輕易推測出來。

美實也明白櫻花的實力，不時覺得「真的好可惜」。

不過，她也能理解櫻花「想做自己喜歡的事」的心情，因此無法多說什麼。

當櫻花升上高中，她不再出現在劍道場。

之後，美實得知了櫻花離家出走——

冰冷的觸感打在美實的鼻尖，讓美實的注意力從思考中回到現實。

反射性仰望天空。

不知何時，灰色的雲已經布滿天空。

「下雨了嗎…………」

就在美實如此呢喃後，像在呼應她的話語，稀疏的雨點從天而降。

※　※　※

第17話 自家人與我

走出公司時正在下雨，水泥燒焦般的氣味直刺鼻腔。
我記得今天早上的天氣預報說傍晚會開始下雨。
我原本以為能在下雨前到家，看來這場雨來得早了一點。
不過我有帶雨傘，不會因此傷腦筋就是了。

在雨中前往車站的途中，智慧型手機突然響了。
我用頸子和肩膀固定雨傘，看向手機螢幕。
是老爸打來了。
差點忘記，他之前說過媽快出院了。該不會就是今天吧？
我在路旁停下腳步，一接起電話，老爸的說話聲馬上傳進耳中。
『和輝，不好意思，能不能馬上回老家一趟？』
他的語氣聽起來比平常凝重，讓我不由得緊張起來。

「發生什麼事了嗎？」

『剛才翔子阿姨來家裡了，現在還在。』

「啥──────！」

突然的報告讓我說不出話。

意思是祥子阿姨回來了嗎……？

「聯絡奏音了────」

『還沒聯絡。可以拜託你嗎？』

「我知道了，我會立刻告訴她。總之我現在也會趕回家。」

我切斷通話，開啟社群軟體想告知奏音。

輸入文字時，我的指尖有點顫抖。

很久沒回老家了，實在沒想到會因此回來。

大概是因為緊張，理應萬分熟悉的老家玄關看起來好像別人家。

我先深呼吸一次，打開玄關大門。

玄關處擺著兩雙鞋子。

老爸的鞋子和女用鞋，不過和媽媽的品味似乎有點差異。

我把淋濕的傘擺進傘架，把自己的鞋子擺在玄關邊緣，這時老爸從屋內走出來。一段時間不見，老爸臉上的皺紋似乎變多了。

「和輝，不好意思，這麼突然。」

「不會，沒關係。」

「……她待在客廳。」

「知道了……」

雖然沒有明講，但我理解了。

「老實說，我不方便多說什麼……但也沒辦法拜託你媽媽。不好意思……」

我和阿姨見面的次數非常少。

這代表了老爸和阿姨見面的次數同樣很少。

雖然是母親的妹妹，要突然對先前關係疏遠的人過問私事，想必會有抗拒吧。

而且老爸對家人之外的人也不太擅長言詞。

「話說，媽什麼時候出院？」

「預定是下星期一或二。」

「這樣啊……」

看來現在只有我能和阿姨談了。

剛才聯絡奏音了，但她到這裡最快應該也要一個小時。

……好吧。

我下定決心，終於打開通往客廳的門。

就如老爸告訴我的，阿姨坐在沙發上，看著智慧型手機螢幕。

明明好幾年沒見了，卻有種和過去沒什麼變的感覺，也許是因為我已經不記得上次見面時她的臉龐了。

髮色明亮，給人的感覺也和奏音相似。不過，有一股奏音沒有的壓倒性的女人味。

阿姨一見到我，便將智慧型手機擺在桌上，站起身對我低頭行禮。我也跟著低下頭。

「……阿姨好。」

她的手機螢幕短暫映入我眼中。

眼熟的社群軟體畫面，還有奏音的頭像——

看來阿姨剛才在讀奏音以前傳給她的訊息。

我們都坐到沙發上之後，沉默了一會兒。

雖然我鼓起了勇氣，但完全沒想好該怎麼與她交談。

「那個……好久不見了。」

一直沉默也不是辦法，先從平常的打招呼開始。

「嗯，好久不見。和輝，你長大了呢。」

「啊，嗯……」

我都這個年齡了還說我「長大了呢」，這是唯獨自家人才會有的反應吧。

「那是奏音傳給阿姨的？」

我將視線投向桌上的手機如此問道，阿姨便平靜地點頭。

「最近這陣子沒收到就是了。」

……所以剛才阿姨是在重看奏音之前傳的訊息吧？

奏音是從哪一天開始不再傳訊息給阿姨？恐怕就是園遊會那天吧。

阿姨注視著我好半晌，最後臉上浮現認真的表情。

「你爸爸告訴我了，說你在幫忙照顧奏音。」

「……是的。」

「這次真的給你帶來很大的麻煩。」

語畢，阿姨對我深深低下頭。

坦白說，我不知道該如何回答。

因為我不覺得讓奏音住在家裡是種麻煩。

反倒對此心存感謝——

「我不覺得奏音對我造成麻煩，但是考慮到奏音的心情……我想……阿姨該道歉的對象並不是我。」

「……說得……也是……」

勉強擠出來似的說話聲。

用不著我特地指出，阿姨自己本來就明白吧。

話說回來，阿姨的反應和我透過奏音描述而想像的個性大不相同。

我先前猜測她是更加無拘無束，長時間離家也不覺得內疚的那種人。

也因此，我有些不知所措。

「那個……我可以問理由嗎？」

「你是說離家出走的理由？還是回來的理由？」

「兩個都想知道。」

翔子阿姨聽了，輕吐一口氣，靜靜地閉上眼睛。

像是有點煩惱該用何種言語來描述。

好一段時間只有雨滴打在窗戶上的聲音充斥著客廳。

「起初……是因為我看見了飛機雲。」

最後她開了口。

用彷彿快要消逝的說話聲呢喃。

我不懂她的意思，只能等她說出下一句話。

「原本要結婚的男人跑掉了，我一個人生下那孩子。那孩子誕生之後，我就一直工作到現在，也常常不分日夜忙著工作……一直以來總是埋頭苦幹。我不想因為是單親家庭，就讓那孩子過著不方便的生活。」

阿姨說到這邊，面露微笑。

她的臉龐一瞬間與奏音重疊，讓我體認到她們真的是母女。

「哎，不過偶爾還是會去放鬆就是了。有時候無論如何都想玩，什麼也不說就一天不回家。話雖如此，我也不是完全無所謂喔。回到家一看到那孩子的臉，還是會有罪惡感……但我就是這種個性，沒辦法戒掉就是了。」

我看到她隱含自虐卻又有如頑童的笑容，頓時回想起奏音過去說過的話。

『一聲不吭就不回家，對這件事我是很生氣沒錯……但是，我就是沒辦法討厭媽媽……她可是買了豪華布丁回家，比我還興奮的那種人喔。』

啊……………

這個人肯定本性非常純真吧。

無關乎是否成年或老少、善或惡、社會上的常識等等的區分。

我確實從阿姨身上感受到了讓親女兒都這麼評斷的某些原因。

「於是就在某一天——我真的只是不經意望向天空，看到了很大的飛機雲，在藍色天空畫出一條筆直的線。」

不知為何——

一道白線劃過藍天的情景同樣浮現在我的腦海。

和外頭的雨天完全相反，令人神清氣爽的無垠藍天。

「我突然注意到，我在那一刻之前，到底有幾年沒有仰望天空了。天空一直在自己頭頂上，有無數飛機往來，我卻從來不曾察覺。注意到這件事的瞬間，自己心裡有股無法抑制的衝動，一下子就滿了出來。」

阿姨說到這裡，短暫停頓，視線投向窗外。

「我想看看不同的景色。」

「…………」

我不太能理解那種感覺。

我試著在腦海中複誦這句話，仍舊搞不懂。

「所以阿姨衝動性地離家了——是這樣嗎？」

我只明白這一點。

阿姨靜靜地點頭，同意我說的話。

出自衝動——

我完全不曾體驗過這種感覺——這樣說並非事實，但我沒有那種想讓自己的生活徹底改變的激烈衝動。會讓陽葵住進我家，終究是因為奏音求情。

不過，阿姨是能辦到這種事的人。

理由大概就這麼單純吧。

…………

我現在沒有責怪阿姨的意思。

但是我必須為了奏音有所行動。

「我不是多麼成熟的大人，在阿姨眼中想必還是個孩子，又還沒為人父母，沒資格自以為是地指指點點。但是——」

為了擠出勇氣說完下半段話，我握緊了擺在腿上的拳頭。

「但是，至少在奏音面前可以請阿姨當個『大人』嗎？就算只是假裝也好。只要到奏音高中畢業這段時間就好，可以請阿姨當個像樣的母親嗎……」

反駁、斥罵、抗拒——

我做好了心理準備面對任何言詞，如此要求。

阿姨維持沉默，只有時間流逝。

唯獨雨聲敲打著我的鼓膜。

我現在緊張得連吸呼都不由得感到躊躇，胸口有點難受。

在我感覺到緊握的手掌有些冒汗的瞬間，阿姨微微挑起嘴角。

「像樣的母親啊——就這個定義來說，我不及格吧。」

「…………」

什麼也說不出口。

因為我覺得自己沒有立場評斷。

「不過，嗯，就為人父母來說……真的不好吧。明知道不好，我卻——」

不久，阿姨的眼眶止不住地流出淚水。

雖然從表情看得出後悔，在那背後肯定有許多我無法察覺的想法和感情在打轉吧。

因為我不知道該怎麼反應，只是稍微挪開視線，靜靜等待。

哭泣的臉龐也和奏音很像——我心中湧現了這樣與現場不搭調的想法。

※　※　※

雨滴打在塑膠傘面上的聲音不停刺激著耳朵。

奏音與陽葵正快步走向車站。

——阿姨在我老家。

剛才接到和輝用社群軟體傳來的聯絡時，奏音正一如往常準備晚餐。

起初看到那行字，奏音無法置信。

但是，她立刻就想到和輝沒有理由說謊，便出門前往和輝老家。

陽葵原本說她會看家，但是奏音拜託她陪自己走一段路。

因為奏音害怕。

心中雖然一直希望母親能夠回來，但是當時候到了卻不知為何感到害怕。

自從接到聯絡後，奏音的內心深處一直生疼。

「陽葵，我可以跟妳一起撐傘嗎？」

走出和輝家幾分鐘後，奏音對陽葵如此問道。

聽到奏音突如其來的請求，陽葵睜圓了眼睛。

「咦？不過這樣不會淋濕嗎？」

「淋濕也沒關係。」

「是喔……嗯，可以啊。」

奏音收起自己的傘，鑽到陽葵的傘底下。

就像之前兩人共撐一把傘時，肩與肩緊緊靠在一起。

貼著陽葵的肩膀。

光是這樣，奏音心中不停打轉的不安便稍微減輕，令她安心。

奏音只有母親這個家人，對她而言，和輝與陽葵是她第一次遇見的令她安心的人。

「那個，我之前也說過……我很重視陽葵妳喔。」

「小奏……我也很重視小奏啊。」

兩人相視，呵呵輕笑。

面對面這樣說還是覺得有些害臊，心裡有點不自在。

兩人就這麼緊靠著彼此，一路走向車站。

擦身而過的人們投以異樣的目光，但她們一點也不介意。

就這麼走了好幾分鐘後——

「終於到車站——」

陽葵的話語不自然地中斷，突兀地停下腳步。

「怎麼了？」

奏音這麼問，但陽葵沒有回答。

她的雙眼直盯著某個方向，一動也不動。

奏音也往那個方向看過去。

在公車站牌附近。

頭髮綁成馬尾的一名女性正筆直地凝視著兩人。

不，正確來說，她只盯著陽葵一個人。

女性朝著這裡小跑步過來。

奏音心中閃過了「最好逃走」的念頭，但對方當作目標的陽葵卻一動也不動。

當奏音注意到陽葵正微微顫抖時，那名女性已經來到眼前。

「終於……找到妳了。」

從女性沉靜的低語能感受到的情感非常難以形容。

像是安心，好像又有點生氣，而且似乎也帶著幾分不滿——

奏音剎那間理解了，她肯定是來找陽葵的人。

同時，和輝浮現在奏音的腦海。

從旁人的角度來看，這狀況只能用「男人把離家出走的少女藏在自己家」來描述——

不管要動用何種手段，都不能讓他淪為罪犯。

和輝的存在一定要隱瞞到底。無論如何，都不能讓這名女性發現。

追根究柢，是自己留下了陽葵。

所以不管是和輝或陽葵，自己都必須保護才行——

自奏音內心萌生的決意如烈火般頓時席捲了全身上下。

那種彷彿血液沸騰的感覺，也許該稱為使命感。

「妳是陽葵的朋友嗎？」

奏音這麼一問，女性面露狐疑，眉心微蹙。

這時奏音回想起：對喔，「陽葵」其實是假名。

話雖如此，奏音一點也不想在陽葵面前叫她本名。

因為陽葵已經提出請求，在她還待在這裡時，她想當「陽葵」。

「我不曉得妳說的那個名字……但我們彼此認識……絕不會錯。」

女性如此說完，陽葵垂下頭。

奏音就像要擋住陽葵的身影，向前跨出半步。

「這樣啊……她現在住在我家。」

女性因驚愕而睜大眼睛。

緊接著，奏音繼續說：

「是我叫她來我家住的。」

奏音筆直凝視著女性的雙眼，斬釘截鐵地斷言。

※　※　※

待續

後記

各位讀者大家好，我是吃炸豬排時很正常地沾炸豬排醬的福山陽士。

不過也喜歡在某炸豬排店擺的那種還不錯的岩鹽。

這次後記能用的篇幅較短，就簡單帶過。之前幾次的辛勞是怎麼回事啊？

我在寫這篇後記的同時，有壁虎入侵我家。為了保護壁虎免於遭受我家的貓摧殘，我正努力追趕。

因為我出身鄉下，有膽徒手抓壁虎。但我不禁回想起以前在打工的地方遇到壁虎時，我抓起壁虎並放生到外頭後，同性的打工夥伴對我投以退避三舍的眼神。好傷心……

壁虎的眼睛又圓又亮，很可愛耶……

咦？已經沒有後記的空間了。好快！

那麼接下來就是致謝區。

前責任編輯，至今受您非常多的照顧，真的很謝謝您。真想和您去吃肉。

新責任編輯，日後還請多多指教。請放心，我一點也不恐怖喔。

シソ老師，這次同樣【★超級奇蹟級☆】感謝您為本書繪製美妙的插畫，【☆宇宙級感謝★】。

……因為道謝的言詞太單調，我這次稍微加上了裝飾……隱約飄盪的失敗氣息，還請各位視而不見……

各位讀者，真的非常感謝大家與我一起來到這篇故事的第三集。下一集就是故事最高潮了，希望各位再多陪伴我一下子。

此外，讀了第二集的後記而寫信給我的各位讀者，真的很感謝！這次回贈小冊子的企劃，將會以「令和2年11月30日」為最後期限。一頭霧水的讀者請見第二集後記。

那麼，讓我們在第四集再會吧。

國家圖書館出版品預行編目資料

一房兩廳三人行. 3, 夏季到來。兩人一定會稍微長大/福山陽士作；陳士晉譯. -- 初版. -- 臺北市：臺灣角川股份有限公司, 2022.02

面；　公分. -- (Kadokawa fantastic novels)

譯自：1LDK、そして2JK。. 3, 夏が始まる。二人はきっと、少し大人になる。~

ISBN 978-626-321-215-2(平裝)

861.59　　110021313

Kadokawa
Fantastic
Novels

一房兩廳三人行 3
～夏季到來。兩人一定會稍微長大～

（原著名：1LDK、そして2JK。3～夏が始まる。二人はきっと、少し大人になる。～）

2022年2月24日　初版第1刷發行

作　　者：福山陽士
插　　畫：シソ
譯　　者：陳士晉

發 行 人：岩崎剛人
總 編 輯：蔡佩芬
編　　輯：孫千棻
美術設計：宋芳茹
印　　務：李明修（主任）、張加恩（主任）、張凱棋

發 行 所：台灣角川股份有限公司
地　　址：104台北市中山區松江路223號3樓
電　　話：（02）2515-3000
傳　　真：（02）2515-0033
網　　址：www.kadokawa.com.tw
劃撥帳戶：台灣角川股份有限公司
劃撥帳號：19487412
法律顧問：有澤法律事務所
製　　版：尚騰印刷事業有限公司
ＩＳＢＮ：978-626-321-215-2